JN242677

バレエ・シューズ

ノエル・ストレトフィールド［著］／中村妙子［訳］

Ballet Shoes Noel Streatfeild

教文館

Ballet Shoes

by Noel Streatfeild
Text copyright © Noel Streatfeild
Illustrations copyright © Ruth Gervis

Original English edition published
by J. M. Dent & Sons., Ltd. London
in 1936

Japanese translation rights arranged
with Bill Streatfeild on behalf of the Estate of Noel Streatfeild
c/o A M Heath & Co., Ltd., London;
illustrations reproduced by arrangement with
the Estate of Ruth Gervis c/o Hachette UK Ltd., London
through Tuttle-Mori Agency, Inc., Tokyo

This Japanese edition published 2018
by Kyo Bun Kwan, Inc., Tokyo

『バレエ・シューズ』によせて

『バレエ・シューズ』はポーリーン、ペトロヴァ、ポージーの三姉妹の物語です。どの子も赤ちゃんのときに、じつの両親と死にわかれています。生まれた場所も、親とわかれたいきさつも、びっくりするほど、さまざまですが、ほんとうの姉妹のようにひとつ屋根の下で育ちました。三人がまだおさないうちに、一家の暮《く》らしが苦しくなりました。そういう場合、子どもにだって、できることはあるはずだと、あるひとから聞かされた三人は、舞台芸術学院《ぶたいげいじゅつがくいん》に入学しました。院長のマダム・フィドリアの心づかいで、学費を免除《めんじょ》される奨学生《しょうがくせい》として訓練を受けることになったのです。

イギリスの子どもは、十二歳《さい》までは、働き手として収入《しゅうにゅう》を得ることをゆるされていません。ポーリーンたちのように早くから訓練を受けても、満《まん》十二歳《さい》になって、正式に免許《めんきょ》をあたえられたうえではじめて、俳優《はいゆう》として、ダンサーとして、あるいは歌い手として、一人前になれるのです。

三人のうち、ポーリーンがもちろん、いちばんはじめに十二歳《さい》になりました。ポーリーンは免許《めんきょ》を受けてまず、『ふしぎの国のアリス』で主役をつとめました。その後、シェークスピア劇《げき》の『リチャード三世』に出演《しゅつえん》し、さらに映画《えいが》に助演《じょえん》したのがきっかけとなって、ハリウッドに招《まね》かれました。

ペトロヴァはポーリーンと二つちがいでしたから、免許《めんきょ》を受けたのも二年後で、『真夏《まなつ》の夜《よ》の夢《ゆめ》』でカラシの種子《たね》になりました。でも、台詞《せりふ》のある役はそれっきりで、その後は、その他おおぜいの一人として踊《おど》ったり、歌ったり。もともとペトロヴァは、舞台《ぶたい》に立つのがいやでたまらなかったのです。ペトロヴァが好きなのは機械で、ゆくゆくは飛行士になりたいと思っていました。

三人目のポージーは、この物語の終わりにはまだ十一歳《さい》ですが、バレリーナだったお母さんゆずりの天分《てんぶん》を持っていました。もしも、あなたがバレエが好きだったら、新聞やテレビの記事に気をつけているといいでしょう。ポージーのことがいつかきっと、大きくのると思いますよ。ポージーのようなすぐれたバレリーナは、めったに世に出ないでしょうからね。

一九三六年七月

ノエル・ストレトフィールド

もくじ

『バレエ・シューズ』によせて　3
1　マシュー大《おお》おじさんとフォッシル姉妹　11
2　下宿人　19
3　誓《ちか》い　32
4　マダム・フィドリア　42
5　学院の生活　48
6　クリスマスとシンプソンさん　59
7　メーテルリンクの『青い鳥』　69
8　マチネー　76
9　新しいドレス　85
10　オーディション　94

11 ポーリーンが学んだこと 105
12 八　月 115
13 ペトロヴァとやりくり 127
14 『真夏《まなつ》の夜《よ》の夢《ゆめ》』 135
15 ポーリーン、十四歳《さい》になる 143
16 『リチャード三世』 152
17 ポーリーンの映画《えいが》出演《しゅつえん》 161
18 ポージー 173
19 ガムの帰宅《きたく》 181
訳者あとがき 195

バレエ・シューズ

1 マシュー大《おお》おじさんとフォッシル姉妹

フォッシル姉妹の家は、ロンドンのクロムウェル通りにありました。クロムウェル通りは、にぎやかなブロンプトン大通りのほとんど外《はず》れです。でも、ヴィクトリア・アルバート美術《びじゅつ》館《かん》に歩いて行けるんですから、ロンドンの中心部からたいして離《はな》れているわけではありません。バスに乗らずに歩いて？　ええ、そうなんです。たいていのところはバス代を倹約《けんやく》するというのが、三人姉妹の毎日の基本《きほん》みたいなものだったのです。

「ガムっていつも、タクシーを乗りまわしていたのよ、きっと」と、フォッシル姉妹の一人目のポーリーンが言います。「そうでなかったら、ロンドンのいちばん長い通りの、いちばんはしっこの、こんな家で暮《く》らすわけ、ないと思うわ」

「ううん、自家用車があったのよ、ガムには」と、二人目のペトロヴァが首をふります。「ガムとタクシーはぴったりしないもの」

ガム（ＧＵＭ）とは、三人をつぎつぎに引き取って、クロムウェル通りの家の家族にしたマシュー大おじさんの頭文字《かしらもじ》を取った呼び名《よびな》です。

こう言ったら、あなたはどんなお話を想像《そうぞう》しますか？　フォッシルって化石のことですよね。フォッシル姉妹の物語って、生きた化石みたいなおばあさん姉妹の身《み》の上話《うえばなし》なんでしょうか？

いいえ、とんでもない！　フォッシル姉妹とは、ポーリーン、ペトロヴァ、ポージーの三人の少女をひとまとめにした呼《よ》び名《な》です。姉妹といっても、血はつながっていませんし、生まれた場所もべつべつですし、性質《せいしつ》だって、好きなことだって、大ちがいです。そんな三人の少女がひとつ屋根の下で、ほんとうの姉妹のように育ち、家じゅうのひとに愛《あい》されて成長していく姿《すがた》を描《えが》いた物語が、この『バレエ・シューズ』なんです。


イギリスの首都ロンドンに、マシュー・ブラウン教授《きょうじゅ》という、有名な考古学者が住んでいました。教授《きょうじゅ》は世界一すばらしい化石のコレクションを持っていました。住まいはクロムウェル通りに面している五階建ての家でしたが、どの階も一部屋は化石に占領《せんりょう》されていました。

最初に、この家に住んでいたのはマシュー・ブラウン教授《きょうじゅ》、教授の亡《な》くなった甥夫婦《おいふうふ》の娘《むすめ》であるシルヴィア、シルヴィアがおさないころ、ナニー（保母《ほぼ》）だったナナ、メイドのクララ、それにコックでした。ナナとクララとコックは、この家の暮《く》らしにとっぷりつかって、ほかの家で働く気になれず、家族と言ってもいいくらいでした。

ナナたちは教授《きょうじゅ》を「先生」と呼《よ》んでいましたが、シルヴィアは長すぎるグレート・アンクル・マシュー（マシュー大《おお》おじさん）の頭文字《かしらもじ》を取って、ガム（GUM）と呼《よ》んでいました。

ガムはたいへん有名な学者で、ガムが集めた化石は考古学界の宝物《ほうもつ》と言える、貴重《きちょう》なコレクションでした。ガムは四、五年おきに、化石さがしの旅に出かけました。フォッシル姉妹の一人目のポーリーンがクロムウェル通りの家にきたのは、ある年のクリスマスのことでした。そのとき、留守宅《るすたく》のシルヴィアはやっと十六歳《さい》の少女だったのです。

この年のガムの化石さがしの旅は、いつもとかなりちがっていました。まず、ガムが乗りこんだ船が何と、氷山にぶつかったのです。逃《のが》れることができた船客は何艘《そう》かのボートに分乗したのですが、そのうちの一艘《そう》が高波にあおられて転覆《てんぷく》し、乗っていたひとたちは深夜の海に沈《しず》んでしまいました。たった一人、助けあげられたのは、救命衣にくるまっていた赤ちゃんでした。ガムはその赤ちゃんをしっかり抱《だ》いて、救助船を待ちました。

両親も、親類もいない赤ちゃんはふつう、育児院《いくじいん》に送られ、三歳《さい》までに引き取り手が現《あら》われないときは、孤児院《こじいん》で育てられる決まりです。ガムは、自分がこの子の親代わりになろうと決心しました。

化石なら、博物館に送りつけることができますし、クロムウェル通りの家の一室にならべることもできます。でも、人間の赤ちゃんは化石とは大ちがいです。

ガムは旅を打ち切って、赤ちゃんをロンドンに連れ帰って、シルヴィアにあずけました。海で遭難《そうなん》したことのある聖ポーロにちなんで、ガムは赤ちゃんにポーリーンという名をつけました。名字をフォッシルとしたのは化石《フォッシル》さがしの旅のおみやげだったからです。

ひとことの予告もなしにとつぜん、赤ちゃんのおみやげをもらって、シルヴィアも、ナナたちも、びっくりしましたが、でも赤ちゃんはみんなに愛《あい》されて、すくすく成長しました。

二人目のペトロヴァとガムの出会いも、三人目のポージーとのそれも、やっぱり、化石さがしの旅のあいだの出来事でした。

ポーリーンがクロムウェル通りの家の子になって、一年後のことです。またもや化石さがし

の旅に出かけたガムは、足を痛《いた》めて旅先で入院しました。入院ちゅうにガムは、同室のロシア人の患者《かんじゃ》と身《み》の上話《うえばなし》をしあったのですが、ボリスという名のこの男がおさない娘《むすめ》をのこして亡《な》くなったのです。

「私の家には、すでに赤《あか》ん坊《ぼう》がひとりいます。もうひとり、育てるだけのことですから」というガムの言葉を聞いて、育児院のひとたちはつくづくほっとしました。

ふたたび、赤ちゃんのおみやげをもらったシルヴィアはこの子に、ペトロヴァという名をつけました。聖ペテロのロシアでの呼《よ》び名《な》にちなんだのです。この子のお父さんはロシア人だそうですから、ペトロヴァという名はぴったりではないでしょうか。

金髪《きんぱつ》で、桜色《さくらいろ》の頬《ほほ》のかわいらしいポーリーンとちがって、ペトロヴァは黒い髪《かみ》、少し青白い顔色の子でしたが、シルヴィアも、ナナも、クララも、コックも、ポーリーン同様、ペトロヴァを家族の一員として愛情《あいじょう》をそそぎました。

でも、ナナはガムにむかって、これ以上の赤ちゃんのおみやげはたくさんだと、きっぱり言いました。

「おわかりでございましょうね、先生、この家は託児所《たくじしょ》ではございません。赤ちゃんのおみやげは、これっきりにしていただきます」

ナナのこのひと言をわすれていなかったのでしょう、三人目の、そしてさいごのフォッシル姉妹は、バスケットに入って宅配便《たくはいびん》で配達されました。宅配便をことわるわけにはいきません。この宅配便《たくはいびん》には、バレエ・シューズが一足と一通の手紙がそえられていました。

シルヴィアへ。

子ども部屋に、三人目のフォッシルをとどけることをゆるしてほしい。この子は、あるバレリーナの娘《むすめ》だ。父親が亡《な》くなり、母親も重い病気で、いつ、息を引き取るか、わからない状態《じょうたい》だった。しかも母親が娘《むすめ》にのこすことができたのは、バレエ・シューズ一足だけだったのだ。

私はもうしばらく旅をつづける。このうえ、おまえに家計《かけい》の負担《ふたん》をかけては申しわけないので、今後、五年間の暮《く》らしの費用を銀行に振《ふ》りこんでおいた。五年以内にもどるつもりでいる。

つねにおまえをふかく愛している

マシュー大伯父《おおおじ》より

追伸《ついしん》

この子の名前はポージーという。本名だ。

「まったくあきれて、ものも言えませんよ」と、ナナは言いました。「ポーリーンはもうじき四歳《さい》ですけど、ペトロヴァはまだやっと一歳と四か月ですよ。そこへまた予告なしに赤《あか》ん坊《ぼう》を送りつけるなんて！」

「そうですとも。あなたがあんなに念《ねん》をおしたのに、何てことでしょうね」と、シルヴィアもいちおう憤慨《ふんがい》して見せました。「これいじょう、この家で赤《あか》ん坊《ぼう》を育てるなんて、とてもむりだわ。この子は育児院《いくじいん》におねがいしましょう。明日、わたしが連れていくわ」

ナナがどんな赤《あか》ん坊《ぼう》にたいしても、とろけるような愛情《あいじょう》をいだいていることを知っているシルヴィアがこう言ったとたん、ナナはいきりたちました。

「育児院《いくじいん》に入れるなんて、とんでもない！　先生は、わたしたちを信頼《しんらい》して、この子をお託《たく》しになったんです。わたし

たちが育てるほか、ないじゃありませんか」

「そうねえ。でも、あなたには申しわけないわ、ナナ」

「二人も、三人も、まあ、同じようなものですからね」

こんなふうにして、ポーリーン、ペトロヴァ、ポージーの三人は、ひとしくフォッシルという名字を名乗り、家じゅうのひとに愛《あい》されて、すくすくと成長しました。

ガムからはいっぺん、三人のそれぞれにペンダントが送られてきました。ポーリーンのペンダントはブルーのトルコ石、ペトロヴァのは真珠《しんじゅ》、ポージーのは珊瑚《さんご》。でもそれっきり、何のたよりもなく、銀行の預金《よきん》は年々減《へ》るいっぽうで、留守宅《るすたく》の生活はだんだん苦しくなりました。

でも、子どもたちがいますし、シルヴィアも、ナナも、働きに出るわけにはいきません。あれこれ、思いめぐらしたすえに、シルヴィアはいいことを思いつきました。この家には使っていない部屋がたくさんあります。下宿人をおいて、その下宿代で、子どもたちを育てていくことにしたら、どうでしょうか?

2 下宿人

　ポーリーンとペトロヴァとポージーの三人は、両親のそろっている、ふつうの家の子どもとあまり変わらない毎日を送っていました。でも、親類のおじさんやおばさんがいませんから、めったにプレゼントをもらうことがありません。それで三人とも、おもちゃをあまり持っていませんでした。ガムがいつ帰ってくるのか、見当《けんとう》もつかないので、子どもたちの服も、なかなか新調《しんちょう》できず、下の二人はたいてい、ポーリーンのお下がりの服を着ることになりました。

「不公平じゃないかしら、ナナ」と、シルヴィアはたびたび言いました。「ポーリーンとちがって、ポージーは新調《しんちょう》の服なんて、いっぺんも着たことがないのよ。ペトロヴァの服だって、たいてい、ポーリーンのお下がりだし」

「まあね、どこの家でも、妹はたいてい、お下がりを着ることになるんですよ。それにポーリーンは着せがいがありますからね」と言って、ナナは誇《ほこ》らしそうに、ポーリーンの姿《すがた》をな

がめました。

　四歳《さい》になったころには、ポーリーンの髪《かみ》は金髪《きんぱつ》、青い眼《め》はぱっちり、頬《ほほ》がほんのりピンク色で、連れて歩くナナはしばしば、「まあ、かわいらしいお嬢《じょう》ちゃん！」とほめそやされたのです。でもシルヴィアは口にこそ出しませんが、ペトロヴァには、とくべつな魅力《みりょく》があると思っていました。やせていますし、血色《けっしょく》もあまりよくありませんけれど、濃《こ》い茶色の眼《め》はとてもチャーミングで、髪《かみ》の毛はカケスの翼《つばさ》のようにつややかでした。ポージーは二歳《さい》の誕生日《たんじょうび》をすぎたころ、それまでのぽやぽやした、やわらかい毛が一、二週間のうちに、はなやかな赤い色に変わって、家じゅうをびっくりさせました。

「わたし、いっぺん、赤毛のネコにひっかかれたことがあったんです。そのせいで、赤毛は好かなかったんですけどね」と、ナナはポージーの髪《かみ》をいとしそうに指先にからめながら、言いました。「赤毛って、手入れがいいと、そりゃあ、見ばえがしますねえ」

子どもたちがかたことでなく、ちゃんと話すようになったとき、シルヴィアを何と呼《よ》ばせるかで、ちょっともめました。ナナは、子どもがシルヴィアなんて呼《よ》ぶのは失礼じゃないかと言いました。「ミス・ブラウンとか、シルヴィアおばさまって呼《よ》ばせたらいいじゃないですか」

「いやよ、ナナ、シルヴィアおばさまなんて！」と、シルヴィアは言いました。「わたし、あの子たちの親類ってわけじゃないんですもの」

「親類じゃないの？　だったら、あなたはあたしたちの何なの？」と、二人のやりとりを聞きかじったポーリーンがききました。

「後見人《ガーディアン》なのよ、わたしはあなたたちの」と、シルヴィアはポーリーンを引きよせて言いました。「でも、ガーディアンなんて、言いにくいでしょ？」

「ガーニャン」とポーリーンは言ってみました。

「そうですね、これからは、そう呼《よ》んだらいいじゃないですか」と、ナナが言いました。

じっさい、小さな子どもには、ガーディアンは言いにくいし、ひどくかたくるしい感じがします。子どもたちはシルヴィアを、ガーニーと呼《よ》ぶようになりました。

ポーリーンの誕生月《たんじょうづき》は十二月です。ポーリーンの六歳《さい》の誕生日《たんじょうび》が近づいたある晩《ばん》、ナナがシルヴィアに言いました。

「ポーリーンにはそろそろ、教育を受けさせませんとね。ペトロヴァも頭のいい子ですから、のらくらすごさないほうがいいと思うんですよ。どうでしょうか、シルヴィアさま、子どもたちの先生になってくださいませんか？」

シルヴィアはこまったように、顔を赤らめました。

「わたしがあの子たちの先生になるなんて！　わたし、とくに、算数が苦手《にがて》なのよ。学校に入れましょう」

と、いうわけでポーリーンとペトロヴァは、家の近くのクロムウェル・ハウス小学校に入学しました。

ある日、子どもたちは、クラスで名字のないのは自分たちだけだということに気づきました。

シルヴィアが昼どきに学校にむかえにきたとき、ポーリーンがききました。

「ガーニー、あたしのほんとの名字、何て言うの？　ガーニーとおんなじブラウンじゃないかって、友だちは言うのよ。でも、ガーニーはあたしたちの親類じゃないんですものね」

シルヴィアは二人の子どもの手をにぎって、言いました。

「学校には、わたしと同じ、ブラウンという名字でとどけたのよ。ブラウンじゃ、いけないの？」

「ほんとの名字じゃないんですもの」ポーリーンがこう言ったとき、ペトロヴァがシルヴィアの手をひっぱりました。

「ガーニー、ガムはあたしのこと、二人目のフォッシルって言ったんでしょ？　だったら、あたしたち、フォッシルって名字じゃないの？」

「そうだったわね」と、ポーリーンも言いました。「あたしはポーリーン・フォッシル、ペトロヴァはペトロヴァ・フォッシル」

「ポージーは？　ポージーも、ポージー・フォッシルなの？」と、ペトロヴァがききました。

「ポージーはまだ学校に上がっていないじゃないの。あたし、フォッシルって名字、ポージーにあげたくないわ。」

シルヴィアが言いました。

「どうして？　ポージーはとてもかわいい、いい子じゃないの。仲間《なかま》はずれはよくないわ」

子ども部屋で木馬をおして遊んでいたポージーに、ポーリーンとペトロヴァがききました。

「ポージー、あなたも、フォッシルって名字になりたい?」

「にゃりたい」と、ポージーは答えました。何のことか、じつはまったくわかっていなかったのですが。

ナナは子どもたちのやり取りを聞きかじって、たずねました。

「名字がどうかしたんですか?」

ポーリーンとペトロヴァはナナに、それまでのいきさつを説明しました。

二人がいちどきにしゃべるので、ナナははじめのうち、何がなんだか、わかりませんでした。

「フォッシルですか」と、ナナは口をキュッと結びました。「そんな変わった名字、これまで聞いたことがありませんよ。フォッシルって、先生が旅先から持ちかえりなさる、古ぼけた石のことなんですよ」

「でも、ガムはあたしたちをそう呼《よ》んだのよね？」と、ポーリーンがうれしそうにスキップしながら、言いました。「ペトロヴァのことを、二人目のフォッシルって言ったんでしょ？」

「ええ、まあね」と、ナナはつくろいものを続けながら答えました。「おかしな名字ですけど、先生のお手紙には、たしかにそう書いてありましたっけ」

ペトロヴァはナナのひざにもたれました。「あたしたち、ポージーにも、フォッシルになりたいかってきいてみたのよ。あの子、なりたいって言ったけど、ほんとは、何もわかっていないの。ただの口真似《くちまね》よ」

「あなたがた二人がフォッシルなら、ポージーだって、フォッシルですよ。三人そろってP・フォッシルだから、名札を三とおり、こさえずにすむんです」と、ナナはきっぱり言いました。

そんなわけで、三人はその日からポーリーン・フォッシル、ペトロヴァ・フォッシル、ポージー・フォッシルになったのです。

その年の八月のある日、ナナがシルヴィアに言いました。

「ポージーは来月、六歳《さい》になります。あの子も来学期から、クロムウェル・ハウス小学校に通わせてはいかがでしょう?」

シルヴィアはだまって、窓《まど》ぎわに行ってたたずみました。その髪《かみ》にめっきり白髪《しらが》がふえているのに、ナナは気づきました。

「ナナ、ガムがさいごに出かけて、そろそろ六年になるのよ」

「そうですね。ポージーがこの家にきた年でしたから」

「ガムは五年分の費用《ひよう》を銀行にあずけていったんですけどね……」

ナナはぎょっとしたように、シルヴィアのやつれた顔を見返しました。

「銀行の預金《よきん》、かなり減《へ》っているんでしょうか?」

「ええ、このぶんだと、ポージーをクロムウェル・ハウスにおねがいするのはむりじゃないかしら。上の二人にしても、つづけて通わせることができるかどうか……。それでね、わたし、考えたのよ。この家の使っていない部屋を貸《か》したらどうかって」

ナナはとっさに思いめぐらしました。たしかに、この家には空いている部屋がたくさんあります。

「いい思いつきかもしれませんよ。新聞に広告を出しましょう。その前に、部屋の手入れをしませんとね」

ガーニーが下宿人をおこうと決心した後、クロムウェル通りの家には職人《しょくにん》さんがきて、ひとしきり、壁《かべ》をぬりかえたり、古いベッドを修理《しゅうり》したり、大いそがしでした。ナナはナナで、一日じゅう、椅子《いす》カバーの洗《せん》たくやカーテンづくりに追われていました。

シルヴィアの「家具つき貸間《かしま》」の広告が新聞にのってから二、三日たった、ある午後のこと、玄関《げんかん》のベルが鳴りました。大人はみんな、手がはなせなかったので、ペトロヴァがドアを開けました。男のひとと女のひとが立っていました。

「部屋をお貸《か》しになるという新聞広告を見て、うかがったんですけど」と、女のひとが言いました。

ペトロヴァは、二人のうしろに止まっている自動車を、うっとりみつめました。乗り物とか、機械が大好きだったのです。

「あれ、あなたがたの自動車なの？」と、ペトロヴァはいきなりききました。

「そうだよ」と、男のひとがにっこり笑って答えました。「買いたてなんだ。シトロエンっていう車種でね。見たいかい？」

でも、女のひとが言いました。「ジョン、わたしたち、部屋を見せていただきにきたんでしょ？　車を見せびらかしにきたわけじゃないわ」

ペトロヴァは、とてもうれしそうな顔をしました。

「この家に、自動車が下宿するの？　わあ、すてき！」

男のひとが笑って言いました。

「部屋を見せてもらって、気に入ったら下宿させてもらおうと思っているのはぼくたちで、自動車じゃないんだよ。自動車は、家のなかで暮《く》らすようにしつけられていないからね。ぼくたち、シンプソンっていうんだ。お母さんのところに連れてってくれないかな？」

「お母さんじゃないけど、ガーニーのところに連れてってあげるわ」と、ペトロヴァは言いました。

シンプソン夫妻《ふさい》をシルヴィアの部屋に案内《あんない》して、ペトロヴァがキッチンをのぞくと、メイドのクララがききました。

「お客さまですか？」

「シトロエンって自動車がきたのよ、この家に下宿したいんですって」

「おやまあ、自動車が下宿するんですか？」と、コックがききかえしました。

「ううん、下宿するのは自動車じゃないの。自動車を持ってるシンプソンさんとおくさんよ」

シンプソン夫妻《ふさい》はそれまでマレーシアで暮《く》らしてきたのですが、半年ばかり、ロンドンに滞《たい》在《ざい》する必要があって、クロムウェル通りの家の最初の下宿人になりました。

つぎにきまった下宿人は、舞台芸術学院《ぶたいげいじゅつがくいん》という学校につとめているわかい先生で、ミス・デーンという名のひとでした。バレエが専門《せんもん》なので、毎日、練習が欠かせない。レコードをかけるので、一階の部屋を借りたいと言いました。

土曜日の朝、さっそく引《ひ》っ越《こ》してきたミス・デーンは、階段《かいだん》の上からのぞいている三人の女の子を部屋にまねきました。

「この大きな赤い箱はプレーヤーなのよ。いっしょに音楽を聞こうじゃないの」

楽しそうな音楽がひびいたとたん、ポージーがおどりだしました。

「まあ、じょうずねえ！　どう？　みんなでおどらない？」と、ミス・デーンが言いました。

こうさそわれて、ぶしょうなペトロヴァまでおどりだしました。

ナナがポージーを入浴させようとむかえにきたとき、子どもたちは息をハアハアはずませていました。

「とても楽しかったみたいですね」と、ナナはポージーのくしゃくしゃになった髪《かみ》をなでつけながら、言いました。「ミス・デーンに、ちゃんとお礼を言うんですよ」

ミス・デーンは心配そうにききました。

「やかましかったでしょうか？　つい、夢中《むちゅう》になってしまって」

「どうってことありませんよ。ありがたいことに、のこっていた二つの部屋も、借り手がきまりましたしね」

ポーリーンとペトロヴァとポージーは、ナナをかこんで、ききました。

「借り手って、どんなひとたち、ナナ？」

「そのひとたちも車、持ってるの？」

「プレーヤーは？」

「お二人とも、ドクターですってさ」と、ナナは答えました。

「ドクター？　お医者さんなの？」

「病気のときに診察《しんさつ》してくださるドクターじゃなくて、うちの先生と同じような、学問のある博士さんみたいですよ。でも、場所ふさぎの化石を集めるわけじゃなく、学生さんに、学問を教えなさるんですって」

ナナがポージーを入浴させているあいだに、ポーリーンとペトロヴァは、シルヴィアに言いました。

「下宿人さんと住むのって、とってもすてき。シンプソンさんも、おくさんも、とってもいいひとたちよ」

「ミス・デーンも、すごーくやさしいのよ。それにね、プレーヤー、持ってるの」

シルヴィアは言いました。

「わたしたちにとっては、どなたもありがたい下宿人さんよ。下宿代をはらってくださるんですもの。つまりね、みなさん、わたしがあなたたちをちゃんと育てていけるように、手伝ってくださるわけよ」

3　誓《ちか》い

ある日、ポーリーンはかぜをひきました。熱《ねつ》はなかったのですが、咳《せき》がコンコン出るので、ペトロヴァとポージーがナナと散歩に出かけたときにも、留守番《るすばん》をしなければなりませんでした。つまらなそうな顔をしていたのでしょう、シルヴィアがリネンの小切れと刺繍糸《ししゅういと》をわたして、ナナのお誕生日《たんじょうび》のプレゼントに化粧台《けしょうだい》カバーをこしらえたらどうかと言いました。コックはお茶のためにタフィーをこしらえるのを手伝わないかとさそい、メイドのクララは写し絵を一枚くれました。ナナも出かけるまえに、「人形の家の真鍮《しんちゅう》みがきをしたらどうです？　することがないと、落ちこむばかしですからね」と、言いました。

ポーリーンはそれでも何もする気になれずに、ブスッとした顔で、階段《かいだん》にすわりこんでいました。そこに、博士さんのひとりのジェークスさんが通りかかったのです。

「どうしたの、ポーリーン？　ひどくたいくつそうね？」

「あたひ、かねひいて。ふることがないから、つまんなくて……」

ジェークスさんは笑って、言いました。

「ほんと、たしかにかぜ声ね。じつはわたしも、ちょっとかぜっぽくて、あついショウガ湯をこしらえて飲もうと思いたったところなの。わたしの部屋にいらっしゃいな」

ジェークスさんの部屋は、壁《かべ》ぞいに本棚《ほんだな》がならび、本がぎっしりつまっていました。

「すごくたくさん、本があるのねえ。ジェークスさんは、この部屋の本、みんな、読んだの？」

「たいていね。わたし、本が大好きなのよ。あなたも本が好き？」

「ええ、でも、ガムが帰ってこないし、お金がないから、あたしたち、あんまり、本を持っていないの。学校もやめたのよ。学校の費用《ひよう》がはらえないから」

あつあつのショウガ湯はハチミツ入りで、とてもおいしくて、ポーリーンはすっかりくつろいでいました。

「まあ、あなたたち、学校に行っていないの？」

ジェークスさんはびっくりしました。学校に行っていない子どもが身近《みぢか》にいたなんて！

「ガムが帰ってこないから、ガーニー、しょっちゅう、お金の心配をしてるみたい。あたしたち、今じゃ、ガーニーから勉強、教わってるの。ガムってね、ガーニーの大《おお》おじさんなの。とってもえらい学者先生なんだけど、旅行に出たきり、帰ってこないの。あたしたち、ほんとは、この家の子じゃないのよ。あたしは難破船《なんぱせん》から助けあげられたんですって。ペトロヴァはロシア人のお父さんから、ガムがあずかったの。ポージーはね、バレリーナのお母さんが重い病気にかかって死んじゃって、ほんとは孤児院《こじいん》に行くところを、ガムが引き取ったんですって。あたしたち三人とも、ガムのおみやげなのよ。化石《フォッシル》さがしの旅のおみやげだから、あたしたち、フォッシルって名字になったみたい」

「そうだったの。すてきねえ！　つまり、あなただた、名字も、家族も、自分で選んだようなものだわ。フォッシルを、あなたがた三人で、歴史の教科書にのるような、すばらしい名前にすることができるかもよ。うらやましいわ！」

「あたしと、ペトロヴァと、ポージーと、三人で？」

そんなことを聞かされたのははじめてで、ポーリーンはびっくりして、ジェークスさんの顔をみつめました。

「ええ、何もかもこれから、つまり、あなたがたしだいだわ。あなたはどういうことが好きなの、ポーリーン？」

「あたしは本が好き。学校ではよく、詩の暗誦《あんしょう》をしたのよ」

「シェークスピアの書いた本、読んだこと、あるかしら?」

「大人の本でしょ?　いいえ、知らないわ」

「シェークスピアはどれも、すごくおもしろいのよ。子どもの出てくる場面もあってね。ねえ、聞いて」と、ジェークスさんは、『ジョン王』の一節を朗読《ろうどく》して聞かせました。アーサー王子と牢番《ろうばん》のヒューバートのやりとりの場面でした。

ジェークスさんの読みかたがじょうずなので、ポーリーンは、ショウガ湯を飲むのをちょっとのあいだ、わすれたくらいでした。おさない王子の身になって、「おねがい、ぼくの目をつぶさないで!」と、嘆願《たんがん》するジェークスさんの声を聞いているうちに、なみだがあふれました。

「くりかえし読んで、本を見ないで言えるようになるまで、練習するのよ。聞いているひとがアーサー王子の身になり、真っ赤に焼けた鉄の火箸《ひばし》を突《つ》きだされたような気になって、ふるえあがるようにね」と、言いながら、ジェークスさんはポーリーンに、べつな本をわたしました。「これは『真夏《まなつ》の夜《よ》の夢《ゆめ》』よ。ここを読んでごらんなさい。妖精《ようせい》の台詞《せりふ》だから、そのつもりでね」

それは、「妖精《ようせい》よ、もっともな言い分だ」という言葉ではじまるいたずら妖精《ようせい》パックの台詞《せりふ》でした。ポーリーンはその日まで、シェークスピア劇《げき》なんて見たことも、聞いたこともなかったのですが、むずかしい言葉につっかえながらも、いたずら妖精《ようせい》になったつもりで読みすすみました。そのせいでしょう、ジェークスさんも感心するほど、気持ちがこもっていました。

「とてもすてきだったわ、ポーリーン」

玄関《げんかん》のドアの開く音がしたので、ポーリーンは立ち上がりました。

「ペトロヴァたち、帰ってきたみたい。ショウガ湯、ごちそうさまでした」

お茶のあとで、ポーリーンはジェークスさんの言ったことを、ペトロヴァとポージーに話して聞かせました。ポージーにはまだ小さいので、どういうことか、わからなかったようでしたが、ペトロヴァは夢中《むちゅう》になりました。

「つまり、あたしたちめいめい、歴史の教科書にフォッシルの名前がのるようにがんばろうってこと？　すてきじゃないの！　ねえ、誓《ちか》いをたてましょうよ！」

「どうやって？　教会で誓《ちか》うみたいに？」

「ええ！」

「ポージーも入れるの？」

「ええ。われら三人のフォッシル姉妹は――って、おごそかに誓《ちか》うのよ」

3 誓　い

そこでまず、ポーリーンが片手《かたて》をあげて、言いました。

「われら三人のフォッシル姉妹は、歴史の教科書にフォッシルの名がのるように、努力することを誓《ちか》う。フォッシルは、われら三人だけの名前であり、お父さんとか、お祖父《じい》さんのおかげだなんて、だれにも言わせないのである」

「われら、誓《ちか》う」と、ペトロヴァも、おごそかにとなえました。「ほんと、フォッシルは、あたしたち三人だけの名字なんですものね。ポージー、あなたも、『われら、誓《ちか》う』って、言わなきゃ」

「われら、ちかう」と、ポージーも、

せいぜい大まじめに言ったのですが、ほかの二人の声より一オクターヴも甲高《かんだか》く、まるでネコの鳴き声のようでした。

ポーリーンがふきだし、ペトロヴァも、本人のポージーも、ゲラゲラ笑ってしまったのです。

その後のある日、二人の女性《じょせい》の博士さん、ジェークスさんとスミスさんがシルヴィアの部屋のドアをノックしました。

「お子さんたち、学校に通っていないそうですね。いかがでしょう、わたしたちが勉強を教えてはいけませんか?」

「まあ、ありがとうございます」と、シルヴィアは頬《ほほ》を赤らめて言いました。「うれしいお申し出ですわ。じつはわたし、算数や理科を教える自信がないんですの。どうか、よろしくおねがいいたします」

「わたしは文学を専攻《せんこう》しております。ずっとシェークスピアを研究してまいりました」と、ジェークスさんが言いました。

「わたしの専門《せんもん》は数学です」と、スミスさんが言いました。「もちろん、わたしたち、謝礼《しゃれい》はいっさい、いただきません。わたしたちなりに、三人のお子さんの将来《しょうらい》のために、少しでも力をお貸《か》しすることができれば、こんなうれしいことはありません」

「どうしてでしょう？　縁《えん》も、ゆかりもない子どもたちのことを、なぜ、そんなに心にかけてくださるんでしょうか？」と、シルヴィアがききました。

「わたしたち、あなたがそれこそ、縁《えん》も、ゆかりもない子どもたちのために、日夜、ご苦労なさっているのを、見すごしにできないんです」と、ジェークスさんがきっぱり言いました。

「あの三人とも、うちで引き取った子どもたちですから」と、シルヴィアが言いました。

「授業《じゅぎょう》は、明日からはじめます。一般《いっぱん》教育、とくに文学と数学に力をいれるつもりでおります」

と、ジェークスさんが言いました。

同じ日の夕食後、今度はミス・デーンが、シルヴィアのドアをノックしました。

「お話ししたいことがあるんですけど。わたし、ポーリーンたちが学校に行っていないのが気になって、つとめさきの舞台芸術学院《ぶたいげいじゅつがくいん》の院長先生にご相談したんです。よけいなことをと、お思いになるかもしれませんけど。そうしたら、院長のマダム・フィドリアが、いっぺん、学院においでくださらないかって……マダム・フィドリアは、ご希望しだいで、三人を学院の奨学生《しょうがくせい》として、月々はらっていただく月謝《げっしゃ》なしでお引き受けしてもいいとおっしゃっています」

シルヴィアはびっくりして、ミス・デーンの顔を見つめました。ミス・デーンはつづけました。

「学院で訓練を受ければ、さきざき、ひとり立ちすることができるでしょうし」

「どういうことでしょう？」

「学院の子どもはいずれ、舞台《ぶたい》に立つことになります。舞台に立てば、収入《しゅうにゅう》が得られます」

「でも」と、シルヴィアは口ごもりました。「あの子たちを舞台《ぶたい》に立たせるなんて、わたし……」

「なぜ、いけないんでしょう？　ポージーはおさないなりに、バレリーナにうってつけの脚《あし》を持っています。ポーリーンには、リズムのセンスがありますし。ペトロヴァについては何とも申せませんが、いずれにせよ、さきざき、自立できるような訓練を受けるのは、どのお子さんにとっても、たいへんねがわしいことじゃないでしょうか？」

「はあ……でも、ナナが何と申しますか。それに、あのお二人の博士さんのご意見もうかがってみませんと」

「そうですね。みなさんにご相談してみましょう」

シルヴィアがおどろいたことに、ナナも、二人の博士さんも、それはたいへん、ありがたい申し出じゃないだろうかと言ったのです。

ナナは言いました。「もともとポージーは、バレエ・シューズといっしょに、この家に送りつけられたんですし、ポーリーンは暗誦《あんしょう》が得意《とくい》です。ペトロヴァにとっても、そうした訓練を受けるのは、たしかにわるいことじゃありませんよ」

ジェークスさんとスミスさんは言いました。

「学院があたえてくださる訓練は、三人の体にとっても、心にとっても、さきざき、きっと役に立つことでしょう。自立《じりつ》する土台がつくられるわけですし」

「でも三人とも、まだほんの子どもですから……」と、シルヴィアは口ごもりました。

「ええ、たしかにね。でも、どの子も毎日、めざましく成長しています」と、ナナがきっぱり言いました。「だれだって、むかしは小さな子どもだったんですから。あのう、わたしはこれで、失礼してもよろしいでしょうか？　つくろいものがどっさりたまっていますので。三人とも、のびざかりで、つい先だってまで着ていた服の丈《たけ》が短くなったり、腰回《こしまわ》りがきゅうくつになったり、やりくりが一苦労でしてねえ。とにかくこれは、あの子たちのことや、この家のこれからの暮《く》らしのことを考える、すばらしいチャンスじゃございませんでしょうか？」

4　マダム・フィドリア

舞台芸術学院《ぶたいげいじゅつがくいん》は、ロンドンのブルームズベリーにありました。三つの建物を廊下《ろうか》でつないだ、だだっぴろい校舎《こうしゃ》でした。ミス・デーンは、シルヴィアとナナが子どもたちを連れて校内を一回りしたのちに、校長先生のマダム・フィドリアに会うように計らってくれました。

ナナはミス・デーンと相談して、三人のフォッシル姉妹にブルーの上っぱりを着せ、スカートの下にブルマースをはかせました。

「ちょっとおどって見せるそうですからね、動きやすい服装《ふくそう》がいいでしょう」

学院に到着《とうちゃく》すると、応接室《おうせつしつ》に案内《あんない》されました。応接室《おうせつしつ》の壁《かべ》には、さまざまな舞台写真《ぶたいしゃしん》がはってありました。

ポーリーンとペトロヴァは、『長靴《ながぐつ》をはいたネコ』のパントマイムの写真を見つめました。

「こういうネコにならせてもらえるなら、あたし、この学校に入ってもいいわ」と、ペトロヴァが言いました。

「あたしはイヌがいいわ。毛のもじゃもじゃしたチンになれたら、うれしいんだけど」と言ったのは、ポーリーンでした。

「そんなふうに椅子《いす》によじのぼっちゃ、だめですよ。チンどころか、まるで動物園のおサルさんじゃありませんか」と、ナナがしかりました。

ポージーは背《せ》のびをして、バレエの写真に見とれていました。

「あたし、この学校に入るわ。あのちいちゃい子みたいに、髪《かみ》にお花をさしておどるの」

そのときでした。ドアが開いて、マダム・フィドリアが現《あら》われたのです。


マダム・フィドリアは数年まえまで、有名なバレリーナでした。ロシアの国立バレエ学校で七歳《さい》のときから、きびしい訓練を受けたマダム・フィドリアの名は、ロシアばかりでなく、ヨーロッパじゅうに知れわたっていました。ロシア革命《かくめい》の後、ロンドンを第二のふるさととして活躍《かつやく》しましたが、やがて、わかいバレリーナを育てることこそ、今後の自分の使命《しめい》じゃないかと考えるようになりました。でも、そうした夢《ゆめ》をかなえてくれそうな素質《そしつ》を持った少女には、なかなかめぐり会えません。いっそ、バレエだけでなく、さまざまな舞台《ぶたい》に立つ子どもたちを養成《ようせい》してみようと考えて設立《せつりつ》したのが、この舞台芸術学院《ぶたいげいじゅつがくいん》だったのです。

応接室《おうせつしつ》に入ってきたマダム・フィドリアをむかえて、三人の子どもたちはびっくりしました。こんな変わった感じの大人を、それまで見たことがなかったからです。

マダム・フィドリアは朝の授業《じゅぎょう》をおえて、教室からそのまま、応接室《おうせつしつ》にきたのですが、ゆたかな黒髪《くろかみ》をまんなかで分けて、うしろで、小さなまげにまとめていました。かろやかな、白い衣装《いしょう》にはでなピンク色のタイツという姿《すがた》で、足に、きゃしゃなバレエ・シューズをはき、サクランボ色のショールを肩《かた》にかけていました。

「ミス・ブラウンはどちらさまでしょう?」と、マダムはまず、ききました。

シルヴィアが立ち上がって、手をさしのべました。「わたくしでございます」

「この三人が、わたしの新しい生徒でしょうか?」

「はい、さようでございます。ポーリーン、ペトロヴァ、ポージー、マダムにごあいさつなさい」

ポーリーンはちょっとはにかみながら、手をさしのべましたが、マダムが首をふって言ったのです。

「この学院の生徒はね、わたしと顔を合わせると、『マダム』と言って、こんなふうにあいさつをすることになっているんですよ」と、左足をうしろに引き、ふかぶかと頭を下げました。うっとりするほど、チャーミングな姿《すがた》でした。

ポーリーンは何とかやってみようとしましたが、どうにもうまくいかず、ぴょこんと頭を下げて、「マダム」と、ささやくように言うのがやっとでした。

ペトロヴァが頭を下げる前に、マダムはその頰《ほほ》を、両手ではさみました。

「あなたがペトロヴァ？　もしかして、ロシア人なのかしら？」

「ええ」

「ロシア語が話せますか？」

シルヴィアがペトロヴァに代わって、その身《み》の上《うえ》について説明しました。

マダムはペトロヴァにキスをして、「この学院の生徒で、わたしと同じようにロシア人の両親から生まれたのは、あなたがはじめてよ」と、言いました。

「それから、この子がポージーでございます」と、シルヴィアが言いました。

ポージーはとてもかわいらしく、左足をうしろに引いて、おじぎをしました。

それから三人はミス・デーンに案内《あんない》されて、二十人ばかりの女の子がレッスンを受けているダンスのクラスを見学しました。

ミス・デーンはレッスンを受けていた女の子たちを床《ゆか》にすわらせ、ピアニストの先生に、ポルカを弾《ひ》いてもらえないかとたのみました。そしてピアノに合わせておどりながら、三人に声をかけました。

「あなたがたもどうぞ!」

ポルカは前の学校で習っていたので、ポーリーンはまわりの子どもたちの視線《しせん》を意識《いしき》しながらも、なんとか、ピアノに合わせておどりはじめました。ペトロヴァはもともとダンスが苦手《にがて》でしたから、ふくれっ面でドサドサ動きまわるのがせいぜいでしたが、ポージーはスカートのすそをつまんで、いかにも楽しそうにはねまわりました。

「けっこうよ」と、ミス・デーンが言って、三人の動きを見まもっていたマダムに、「初級でしょうか?」と、ききました。

「そう、初級ですね」と、マダムは答えて、まず、シルヴィアの、ついでナナの手をにぎりました。「では、明日から、お子さんたちをおあずかりいたしましょう。学院の服装規定《ふくそうきてい》をおわたししますから、ご用意なさってくださいね」

マダムが背《せ》を向けると、二十人の子どもたち、ピアニスト、クラス担任《たんにん》、そしてミス・デーンがいっせいに立って、形よくおじぎをして、「マダム」とつぶやきました。

ドアが閉《し》まったとき、ナナがホーッとため息《いき》をつきました。

「やれやれ、このわたしまで、バッキンガム宮殿《きゅうでん》でダンスを教わっているような気分でしたよ」

一行は二階建てバスで家に帰りました。だれもがつかれて、あくびばかりしていました。

5　学院の生活

舞台芸術学院《ぶたいげいじゅつがくいん》に入学したフォッシル姉妹は、ロンドンじゅうで、いえ、たぶん、イギリスじゅうでもめずらしいくらい、いそがしい毎日を送るようになりました。

朝は七時に起きて八時に朝食。食後、ミス・デーンと三十分間、バレエの基本練習《きほんれんしゅう》をします。九時になると、ポージーはシルヴィアから読み書きの初歩を教わったり、絵を描《か》いたり、細工物をこしらえたり。ポーリーンとペトロヴァは博士さんたちと、三時間みっちり勉強します。博士さんたちの授業《じゅぎょう》はとてもおもしろいのですが、個人教授《こじんきょうじゅ》みたいなものですから、しっかり集中していなければなりません。それだけに、十分間の休み時間は楽しみでした。ジェークスさんも、スミスさんも、おいしい「お十時」が好きで、休み時間にはきまって、クリームをたっぷり入れたココアやあまいショウガ湯、夏はアイスクリーム・ソーダをごちそうしてくれるのです。日本製《にほんせい》の、花の形をしたあまい小さなお菓子《かし》が出ることもありましたし、ウィーンの有名なケーキ屋さんのケーキ、イギリス各地の特産品のお菓子《かし》がそえられていることもありました。

どっちかの博士さんの部屋で、夏は窓《まど》を開けはなし、冬は暖炉《だんろ》をかこんでレッスンと関係のないおしゃべりをしながらの「お十時」のひとときは、子どもたちはもちろん、博士さんたちにとっても、すばらしく楽しかったのです。

正午になると、ナナか、シルヴィアと散歩に出かけます。シルヴィアと行くときはたいてい、どこかの公園で輪まわしとか、なわとびをします。ナナとの散歩の目的地はあいかわらず、ヴィクトリア・アルバート美術館《びじゅつかん》の人形の家です。帰ってから、ポーリーンとペトロヴァはシルヴィアと、ポージーはナナといっしょに、ランチを食べます。ランチのあと、めいめい、本を持って三十分間、ベッドに横になります。

午後の一時間の散歩はいつもナナと行きます。行く先は、子どもたちが、かわるがわる選ぶことになっていました。ポーリーンは商店街をぶらつくのが好きですが、ペトロヴァはアールズ・コート・ロードがお気に入りです。道ぞいに、自動車のショールームが三つもあるからでした。ポージーが、チェルシー地区のキングズ・ロードの散歩を選ぶのは、さまざまな子犬のいる店がとちゅうにあるからで、ポーリーンとペトロヴァも、この店が大好きでした。帰宅《きたく》し

て四時十五分にお茶（イギリスではお茶はたっぷりした食事です）、四時半に地下鉄でラッセル広場駅に行き、舞台芸術学院《ぶたいげいじゅつがくいん》に向かうのです。

学院に着くと、三十分間のダンスの練習のために、着がえをします。ロッカーはひとつを三人で使うので、ちょっときゅうくつです。まず、ロンパースに着がえて、白いソックスに黒いエナメルの靴《くつ》をはきます。週二回、タップ・ダンスのクラスに出るのですが、このクラスでは、タップ用の靴《くつ》をはかなければなりません。

ダンスの練習がすむと、ふたたび更衣室《こういしつ》にもどって、今度はかるい白モスリンの練習着を着ます。うしろにつぎがない、フリルつきの丈《たけ》のみじかい服です。白いソックスは同じですが、ヤギ革《がわ》のかるい靴《くつ》をはいて、バーにつかまり、初級のバレエのために、みっちり練習するのです。

帰宅すると、もう午後六時半で、ポージーはすぐベッドに入ります。ポーリーンとペトロヴァは二十分ほど、シルヴィアに本を読んでもらってから、ベッドに入ります。

土曜日は、十時から午後一時まで学院ですごします。ダンスのクラスのほかに、歌のクラス、それに一時間の演技《えんぎ》のクラスがあります。土曜日のクラスには、学院指定のオーバーオールを着なければなりません。ロシア風のデザインのシルク地の服で、えりが高く、ダブルの前合わせで、左側に黒いボタンがならび、幅《はば》のひろい、黒いベルトがついています。このオーバーオールを着るときは、はきものは白いサンダルときまっていました。

ペトロヴァには、こうした、度《たび》かさなる着がえがやりきれませんでした。「一日じゅう、はだかですごす未開人に生まれていればよかった」と、言って、ナナにしかられました。

入学してすぐ、ポーリーンが気づいたことがあります。マダムがポージーにとくべつな関心《かんしん》をいだいているということです。みんなの前で、ポージーにむずかしいステップをふませることもありました。ある日、ポージーは、マダムに言われて靴《くつ》をぬぎました。マダムがポージーのくるぶしの形としなやかさに感嘆《かんたん》しているので、みんなもいちおう、見とれているような表《ひょう》情《じょう》をつくりましたが、どこがそんなにすばらしいのか、じつはさっぱり、わからなかったのです。

ポーリーンとペトロヴァは、とくべつあつかいするのはポージーのためにならないと思って、帰るみちみち、「ポージーのすばらしいあんよ」と、からかいつづけ、ポージーはとうとう泣きだしてしまいました。

ナナが腹《はら》を立《た》てて、「あなたがた、ポージーに、やきもちをやいているんですね。はずかしくないんですか？」と、しかりました。

「やきもちなんか、やくもんですか。足なんて、歩ければいいんですもの」と、ペトロヴァが言いました。

ポーリーンは、四角ばった、がんじょうな靴《くつ》におさまっているナナの足を見おろしました。

「あなたの足はどうなの、ナナ？」

「わたしたちはめいめい、神さまにいただいた足を持っているんですよ。わたしは自分の足にじゅうぶん、まんぞくしています。バレエを習う気はありませんけどね」

もしも、ナナがバレリーナになったらと想像《そうぞう》して、三人はドッと笑いだし、「ポージーのすてきなあんよ」のことはそれっきり、わすれられてしまったのでした。

入学してすぐ、ポーリーンは演技《えんぎ》のクラスにはまりこみました。一学期はさまざまなおとぎ話のパントマイムの勉強でしたが、王女になろうが、おばあさんになろうが、いつも楽しく、身《み》を入《い》れて演《えん》じました。

歌のクラスでは三人とも、さっぱり目立たず、とくにポージーは上《うわ》の空《そら》でした。

クリスマスの少しまえから、授業《じゅぎょう》はほとんどなくなりました。上級の生徒たちが免許《めんきょ》を受けて、パントマイムや、バレエや、コーラスに出演《しゅつえん》するからで、この時期、ホールの掲示板《けいじばん》には、さまざまなリハーサルの知らせがぎっしりならびます。

「ローズ・バレエに出演《しゅつえん》する生徒は、三番教室に四時半集合」とか、「『赤ずきんちゃん』に出演《しゅつえん》する生徒は、七番教室に五時半集合」といった掲示《けいじ》を、三人のフォッシル姉妹はうやうやしくながめました。

「来年はあたしも、パントマイムに出られるかも」と、ポーリーンはあこがれの思いをこめてつぶやきました。

「あなた、パントマイムになんか、出たいの？」と、ペトロヴァがあきれたように言いました。「あたしはいやだわ。お金はかせぎたいけど、舞台《ぶたい》に立つ気はしないわ」「バレエに出たくはないけど、劇《げき》に出演《しゅつえん》できれば、うれしいわ」と、ポーリーンは言いました。「お金がもらえるからだけじゃなく」

ポージーは、バレエのリハーサルが行われている教室を窓《まど》の外からのぞいているうちに、つまさきで立っていました。

「ポージー、あなた、つまさきで立ってるじゃないの！　つまさきで立って歩くこともできるの？」と、ペトロヴァがびっくりしてききました。

ポージーはごくあたりまえのことをしているように、らくらくとつまさきで立って歩いて見せました。

ポーリーンも、ペトロヴァも、すっかり感心してしまったのですが、ポージーのためにならないと考えて、ほめることはしませんでした。

その学期のおわりに、シルヴィアは学院から、三人が今後、それぞれべつなクラスになるという通知を受けました。ポーリーンはダンスも、演技《えんぎ》も、上のクラスに進み、水曜と金曜にはフランス語の劇《げき》のクラスに出席することになりました。ポージーは演技《えんぎ》や歌のクラスにはいっさい出ないで、かわりにフェンシングのクラスに出るように、言われました。ダンスはなんと、すべてマダムが指導《しどう》するクラスに入ることになったのです。

ポージーのように小さな子がマダムのクラスに入るというのは、学院はじまっていらいのことだそうで、学校じゅうが興奮《こうふん》しました。

ポーリーンはある日、ナナに言いました。

「このごろ、上級生までが、あたしたちのクラスを見にくるのよ。ポージーがいるかららしいわ」

「ポージーがいい気にならないといいですけどね。あなたも、なかなかよくやっているようじゃありませんか、ポーリーン。一学期で進級したんですからね。このあいだ、ひかえ室でいっしょになったお母さんがこぼしていましたっけ。そのひとの娘《むすめ》さんなんか、三学期間、おんなじクラスにくぎづけだったそうですよ」

「たぶん、あたしもそうなると思うわ」と、二人の会話を聞きかじったペトロヴァが、ゆううつそうに言いました。

ナナがなぐさめました。「ひとそれぞれ、才能《さいのう》もそれぞれですからねえ」

ペトロヴァは落ちこんでいました。ダンスも、劇《げき》もあいかわらず、好きになれませんでしたが、ポーリーンやポージーが進級したのに、ひとりだけ、取り残されたようで、がっかりしていたのです。ポーリーンが新しいクラスで一心《いっしん》にはげんでいるのを見て、ひけ目を感じずにはいられませんでした。

シルヴィアは子どもたちがそれぞれ、前向きに生活していることを、とてもありがたく思っていましたので、その年のクリスマスを三人にとって、記憶《きおく》にのこる、とくべつに楽しいものにしたいと思いめぐらしていました。

クリスマスのまえの晩《ばん》、ポージーがベッドに入ったあと、ポーリーンとペトロヴァはひとときを、シルヴィアとすごしました。

「クリスマス・イヴって、すごくすてきね」と、ポーリーンが言いました。「はやく明日になるといいな。あたし、このへんが」と、胸《むね》をおさえて、「キューッといたくなってきて……」

シルヴィアはやさしい口調《くちょう》で言いました。

「三人とも、とてもいっしょけんめい、一学期をすごしたわね。今年はとくべつにすてきなクリスマスになるでしょうよ」

「学院に行かなくてもいいと思うだけで、冬休みって、すてきだわ」と、ペトロヴァが言いました。

シルヴィアはふと心配そうな顔をしました。「もしかして、ペトロヴァ、あなたにとってはつらいのかしら。学院の勉強が？」

ペトロヴァが、「そのとおりよ。あたし、毎日、いやでいやでたまらないの」と、言いかけたとき、ポーリーンがペトロヴァの足をそっとけりました。それで、ペトロヴァも、「学院の教育を受ければ、さきざきひとり立ちできるし、暮《く》らしの助けにもなる」という、ミス・デーンの言葉を思い出したのです。ペトロヴァは頬《ほほ》を赤らめました。いやだなんて、つらいなんて、言っちゃいけないんだわ、ぜったいに……。

「ううん、つらくなんかないわ。けっこう、おもしろいときもあるし」

シルヴィアはその答えを聞いて、つくづくほっとしたようでした。

「よかった。好きでもないことを、むりにあなたにやらせるほど、わたしたち、こまってはいないんですからね」

ちょうどそのとき、ナナが戸口に顔を出しました。「そろそろ、七時ですよ、ペトロヴァ、はやく入浴してベッドにお入りなさい。靴下《くつした》は枕《まくら》もとに、ちゃんとかけてあるんでしょうね、二人とも？」

「たいへん！　はやくベッドに入らないと、クリスマスがこないわ！」と、ポーリーンがとびあがり、二人は急いでシルヴィアの部屋をあとにしたのでした。

6　クリスマスとシンプソンさん

舞台芸術学院《ぶたいげいじゅつがくいん》に入学していらい、それぞれにせいいっぱいがんばって一学期をすごしましたので、その年のクリスマスは三人のフォッシル姉妹にとって、例年以上に楽しいものとなりました。

クリスマスの朝はやく、目をさますと、プレゼントでふくれあがった靴下《くつした》が暖炉《だんろ》のわきにつるされていました。入りきらなかったのでしょう、ピンクの鼻、毛糸のしっぽをつけた白砂糖《しろざとう》のかわいいコブタがそばに置かれていました。

ナナから三人へのプレゼントはえりとそで口《ぐち》にふわふわした白いアンゴラの毛をあしらった手編《てあ》みのジャンパーで、ポーリーンのそれはブルー、ペトロヴァのはオレンジ色、ポージーのはピンク色で、子どもたちはさっそくそれを着て、朝食のテーブルにつきました。

三人もめいめい、ナナに贈《おく》る手作りのプレゼントを用意していました。ポーリーンからは、ひと針《はり》、ひと針《はり》、心をこめて刺繍《ししゅう》したハンカチーフ、ペトロヴァからはブック型の針《はり》さし、ポージーからは、ナナが手紙を書くときのためのインクの吸《す》い取《と》り紙《がみ》です。

テテからのプレゼントのほかはすべて、クリスマス・ツリーの下においてありました。

朝食後、教会のクリスマス礼拝に出席しました。いつもはお留守番《るすばん》のポージーまで、いっしょに行ったのです。礼拝ではクリスマスと関係のない、おごそかな賛美歌《さんびか》ばかりだったらつまらないと思いましたが、大ちがいでした。子どもたちもよく知っている「まきびと、羊を」や「神の御子《みこ》は今宵《こよい》しも」、「いざ、歌え、いざ、祝え」などを、大人も、子どももせいいっぱい、

声をはりあげて歌いました。

帰ってから、家じゅうそろって、ディナーのテーブルにつきました。夜のディナーだと、ポージーの寝《ね》る時間がおくれるからです。七面鳥の蒸《む》し焼《や》き、プラム・プディング、砂糖《さとう》づけの果物などを、下宿人さんたちもひとつテーブルについて、にぎやかにしゃべったり、笑ったりしながら食べました。

食後、特大のジグソー・パズルをみんなでやりました。これいじょう、何ひとつ、おなかに入らないと、だれもが言っていたのに、四時ちかく、サンタクロースがてっぺんに乗っかっている、びっくりするほど、大きなクリスマス・ケーキをささげて、コックが現《あら》われました。ケーキには、きらきらかがやく金色の大きな星が三つそえられていました。三人の子どもたちが将来《しょうらい》、大スターになるようにという気持ちをこめたということでした。

「わたしたちの部屋のクリスマス・ツリーを見にいらっしゃいませんか？」というスミスさんのさそいにおうじた一同は、声も出ないほど、びっくりしました。こんなすばらしいクリスマス・ツリーは見たことがありません。木そのものは、ごくありきたりのモミの木ですが、枝《えだ》という枝にキラキラ光る霜《しも》がかがやき、まるで魔法《まほう》の国の木のようでした。

「スミスさんたち、昨日はいちんち、部屋に鍵《かぎ》をかけて、このツリーのかざりつけに夢中《むちゅう》だったのね！」と、ポーリーンが言うと、スミスさんたちは笑って、「そのとおりよ」と、白状《はくじょう》しました。

コックは、「まるで絵のよう！」と、感嘆《かんたん》し、クララは、「クリスマス・カードからぬけだしたみたいですね」とつぶやき、ナナは、「ため息《いき》がでますねえ、これだけ、かざりつける手間《てま》を思うと」と、言いました。

ミセス・シンプソンは、「今年はイギリスでクリスマスをむかえることができて、ほんとにラッキーでした」と、言い、シルヴィアは二人の博士さんの手をにぎって、「お二人とも、今後もずっとわたしたちと、この家で暮《く》らしてくださると、どんなにありがたいか」と言い、ポーリーンをはじめ、三人姉妹はツリーのまわりをきりなくぐるぐる回り歩きました。

三人にとって、プレゼントはどれもうれしかったのですが、シルヴィアからわたされた箱を開けたときはびっくりして、一瞬《いっしゅん》、声も出ませんでした。宝石店《ほうせきてん》の店名が刷《す》りこまれている箱のふたを上げると、なんと腕時計《うでどけい》が！　ポーリーンのはブルー、ペトロヴァのは白、ポージーのはピンクの革《かわ》バンドつきで、普段用《ふだんよう》のこげ茶色のリボンまでそえられていました。

「ガーニー、ありがとう！　この革《かわ》バンド、ガムがくれためいめいのネックレスとおそろいの色なのね！」と、ポーリーンが言いました。さっそく、はめようとしたのですが、わくわくしているからでしょう、なかなかうまくはめられず、ミセス・シンプソンに手伝ってもらわなければなりませんでした。

ペトロヴァはちょっと心配そうに、「ものすごく高かったんじゃない、ガーニー?」と、ささやきました。

シルヴィアはペトロヴァを部屋のかたすみにそっとひっぱっていき、「父の形見《かたみ》の大きな金時計を売ったら、ひきかえに、腕時計《うでどけい》をちょうど三つ、買うことができたの。つまりね、お金をぜんぜん、はらわずにすんだわけ」と、言ったのです。

プレゼントの包みがすべて開かれ、ツリーをかざっていたろうそくの最後の一本がふき消された後、みんなでシャレードをしました。二組に分かれてのジェスチャー・ゲームです。つづいて家じゅうを舞台《ぶたい》にしてのかくれんぼ。でもやがて窓《まど》の外に夕闇《ゆうやみ》がせまり、お楽しみはまた、来年ということになりました。

コックとクララはご近所の家のお手伝いさんたちのクリスマス・パーティーに出かけるためにひきさがり、ナナも、おさないポージーといっしょに「おやすみなさい」と出て行きました。最高に楽しかった反動《はんどう》で、ポーリーンとペトロヴァはしょぼんと顔を見合わせました。

そのときでした。その日のおわりをかざるように、窓《まど》の外から清らかな歌声が流れてきたのです。

窓《まど》を開けて身を乗り出しますと、フードつきのケープをまとった歌い手たちがランターンを手に、ならんで歌っていました。「ヒイラギとツタをかざって」、「歌え、友よ、いざ、歌え」、「眠《ねむ》りたまえ、聖《きよ》き御子《みこ》」など、美しい歌の調べが、夕星のかがやきはじめた空にとどけとばかりにひびきわたりました。ポーリーンとペトロヴァは献金《けんきん》のためのお盆《ぼん》を持って、人々のあいだを歩き回り、集まったお金を合唱隊長さんにことづけました。子どもの病院におくられるということでした。

クリスマス休暇《きゅうか》はあっという間にすぎ去り、新学期がはじまりました。学院の生徒たちの出《しゅつ》演《えん》するパントマイムを見に行った夜、ポーリーンとペトロヴァは学院に入学していらい、はじめて仲間《なかま》意識《いしき》にひたり、知っている上級生の顔を見つけては、興奮《こうふん》してささやきあいました。「後ろから二人目のあのひと、このあいだ、地下鉄の駅でいっしょになったわ」とか、「まんなかの黒い髪《かみ》の子の妹、あたしのクラスにいるのよ」などと。学院の生徒がどんなにたくさん出演していたか、家に帰って、シンプソンさんたちや博士さんたちに報告《ほうこく》しながら、とても晴れがましい気持ちでした。

あたらしい学期を、ポーリーンとポージーはけっこう楽しくむかえたのですが、ペトロヴァはおおかたのとき、落ちこんでいました。進歩すれば、それだけ、期待されるということがわかっているので、毎日がやりきれなかったのです。

そんなペトロヴァの話を聞いてくれるのは家じゅうで、シンプソンさん夫妻《ふさい》だけでした。シンプソンさんはペトロヴァと同じように、ダンスなんて、ちょっとばかげていると思っていて、自動車や飛行機のほうがずっとおもしろいし、人類にとって重要だと考えていました。

日曜日の午後、シンプソンさんはきまって、ペトロヴァに声をかけてくれます。

「ペトロヴァ、車の調子がパッとしないんだよ。いっしょに調べてくれないかな？」

そばに立って、ただ見ているだけではありません。ペトロヴァを仲間《なかま》あつかいして、修理を手伝わせてくれるのです。シンプソンさんにスパナその他、必要な道具をわたすだけでなく、ナットをはめこませてくれることもありました。

とうぜん、顔や手や、もちろん、服ものすごくよごれます。でも、シンプソンさんのおくさんが、古いレインコートを切ってこしらえたエプロンを服の上からかけてくれ、ひと仕事をおえると、顔や手をちゃんと洗《あら》ってあるかどうか、念入りに検閲《けんえつ》してくれるのでした。

その学期のおわり近く、ペトロヴァはインフルエンザで学院を休みました。おなかの具合もわるく、熱が下がっても、気分がさえませんでした。

ある日、ナナがシンプソンさんからと言って、古新聞をひと山、持ってきてくれました。飛行機と自動車についての記事がのっていて、ペトロヴァは大よろこびしました。でも、ナナが言ったのです。

「シンプソンさん、マレーシアに帰りなさるんじゃないですかね。シルヴィアさまと話しこんでいらっしゃいましたっけ」

シンプソンさんたちがマレーシアに帰ってしまったら、あたしの気持ちをわかってくれるひとがひとりもいなくなってしまう。ペトロヴァはソファーに身をうずめ、いつしか、なみだにくれていました。

ドアをノックする音がしました。すすり泣きをおさえて、ペトロヴァが「どうぞ」(「どうじょ」になっていたようです)と言うと、ドアが開いて、シンプソンさんが入ってきました。

シンプソンさんはペトロヴァの泣き顔に気づかないふりなんかせずに、ソファーにすわると、笑いながら、「うん、インフルエンザのなおりかけって、ワーワー泣きわめきたい気分なんだよね」と、洗《あら》いたての白いハンカチーフをさし出しました。

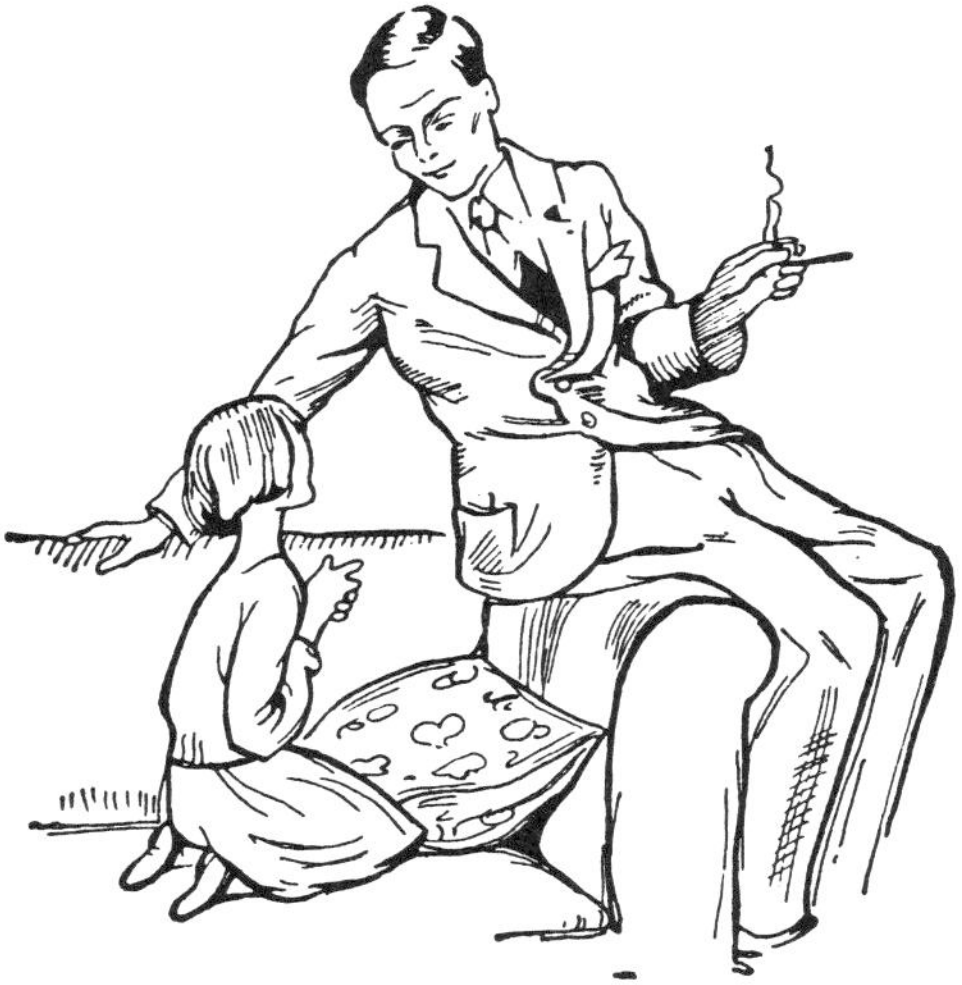

ペトロヴァはハンカチーフを受け取って、大きな音を立てて鼻をかみ、なみだをふきました。

「このハンカチーフ、Jって、刺繍《ししゅう》してあるけど？」

「ぼくの名前のジョンの頭文字《かしらもじ》だよ」と答えて、シンプソンさんはハンカチーフをポケットにしまい、「ちょっとこまったことができてね。どういうことか、聞きたいかい？」と、ペトロヴァの顔をのぞきこみました。

「もちろんよ」

「ぼくたち、マレーシアに帰れなくなってしまったんだよ」

「どうして？」

「スランプのせいでね」

「スランプって？」

「たとえばだよ、ダンサーになろうと何年も訓練を受けてきた子が大きくなってみると、ダンサー志望《しぼう》の人間が多すぎて、なかなか仕事にありつけない。それと同じで、マレーシアではいま、ゴムの木が生えすぎ、ゴム園が多すぎてね。そのうえ、ゴムをとるのに、ゴム園の経営《けいえい》より、ずっと安上がりの方法が見つかったんだ」

「だったら、シンプソンさんたち、マレーシアに帰らないでいいのね？」と、ペトロヴァが、ひどくうれしそうな顔をしたので、シンプソンさんは思わずにっこりしました。

「ショッキングなニュースをよろこんでくれる人間が、たったひとりにしろ、いるのはうれしいね。じつはね、マレーシアにもどるのはやめて、今後はロンドンで暮《く》らしていこうかと考えて、ぼくら、この家の近くで自動車の整備場《せいびじょう》を経営《けいえい》することにしたんだよ」

「ほんと？　ああ、うれしい！」

「明日、その整備場《せいびじょう》にきみを連れてってあげようと思うんだ、今日はこれから、ぼくらの部屋に招待《しょうたい》するよ。ぼくのおくさんはね、インフルエンザのなおりたての子に大ごちそうしようと、午前ちゅうずっと、キッチンに立ちっぱなしでね」

7　メーテルリンクの『青い鳥』

学院の夏学期がはじまって間もなく、保護者会《ほごしゃかい》が開催《かいさい》されました。三棟《とう》の建物にまたがっている、ひろいホールが会場でした。生徒もいっしょに、マダムのお話を聞くことになっており、壇上《だんじょう》にテーブルがひとつおかれ、何脚《きゃく》かの椅子《いす》がまわりをかこみ、ホールにならんだテーブルにサモワール（ロシアの湯わかし器）がのってお茶の支度《したく》がととのっていました。

三時ぴったりに、マダムを先頭に、先生たちが壇上《だんじょう》にならびました。

マダムはまず、多数の保護者《ほごしゃ》の出席について感謝の言葉をのべました。

「みなさまもよくご承知《しょうち》のように、ロシア革命《かくめい》いらい、多くのロシア人がイギリスで、苦しい生活を送っています。今日まず、お話しいたしますのは、そうしたロシア人のある一家のことなのです。母親は苦労のしつづけで体をいため、しばらくまえに亡《な》くなったのですが、この家の末《すえ》の娘《むすめ》のオルガが重い病気にかかって長期間、入院しなければならなくなりました。さいわい、一家の窮状《きゅうじょう》を知っている医師《いし》が手をさしのべ、ロンドンのある病院が治療《ちりょう》を引き受けて、入院から退院後の転地《てんち》の面倒《めんどう》まで見てくれたのです。

オルガはふかく感謝《かんしゃ》し、回復後、看護婦《かんごふ》となってその病院で働くようになりました。

その病院がこのほど、経営不振《けいえいふしん》から閉院《へいいん》もやむをえないかもしれないという危機《きき》に直面しました。オルガは、危機を切りぬけることはできないものだろうかと、同国人のわたしにうったえたのです。

お客さまがた、そして生徒のみなさん、かつてオルガを助けてくれた病院を、今度はわたしたちが助けることができないでしょうか？」

まず保護者《ほごしゃ》たちが、ついで先生たちがいっせいに拍手《はくしゅ》し、生徒たちも加わって、会場は大きくどよめきました。

「ありがとうございます」と、マダムはすばらしく優雅《ゆうが》にえしゃくしました。「わたしはこの七月の末に、ある劇場《げきじょう》をマチネー（お昼の公演）のために借りうけて、メーテルリンクの『青い鳥』を上演《じょうえん》してはどうかと思い立ちました。卒業生も出演《しゅつえん》を引き受けてくれるでしょうし、学院はじまっていらいの大きなイベントとなることでしょう。出演者《しゅつえんしゃ》の衣装《いしょう》については、できれば保護者《ほごしゃ》のみなさまのご協力をあおげないだろうかとご相談申し上げるしだいでございます。

学院の総力《そうりょく》をそそぐ計画ですから、全校生徒のみなさんに何らかの形で参加してもらうつもりでおります。観客の方々によろこんでいただくことも大切ですが、これを本学院全体の協力の機会にできればと思っております。

いかがでしょうか、みなさま、イベントの趣旨《しゅし》に賛成《さんせい》して協力してくださいますか？」

嵐《あらし》のような拍手《はくしゅ》が会場の空気を揺《ゆ》るがしました。

「あのう」上級生のひとりが手を上げて立ち上がりました。「『青い鳥』の主人公はチルチルとミチルのきょうだいですよね。だれが演《えん》じるんでしょうか？」

これは、だれもが聞きたいと思っている重大問題でした。

マダムは答えました。

「演劇科《えんげきか》の主任《しゅにん》のミス・ジェイのご意見を参考にして考えたすえに、ポーリーン・フォッシルにチルチルの役を引き受けてもらうことにしました。兄のチルチルも、妹のミチルも、背たけの点から考えて、背の高い上級の生徒から選ぶわけにいきません。ポーリーンはすでに一学期間、チルチルの台詞《せりふ》を勉強しています。先学期、ミチルの役を勉強していた生徒はたまたま麻疹《はしか》にかかって、欠席しているそうで、今回の催《もよお》しのミチル役は、ポーリーンの妹のペトロヴァに引き受けてもらおうと考えています。姉妹ですから、練習の都合もよろしいでしょうし」

マダムはこう結んで、「保護者《ほごしゃ》の方々はどうか、お茶をめしあがってご歓談《かんだん》ください」と、言い、先生たちに合図《あいず》しました。

お母さんたちがお茶のテーブルをかこんでいるあいだに、ポーリーンとペトロヴァはドキドキしながら、ミス・ジェイの後についてマダムのところに行きました。とつぜんの指名《しめい》に二人ともびっくりして、のぼせた顔をしていました。

サモワールの前にすわっているマダムに型《かた》どおり、えしゃくすると、マダムは両手で二人をだきよせて言いました。

「とつぜんでびっくりしたでしょう？　でも、あなたがたが今回の催《もよお》しの趣旨《しゅし》をよく理解して、りっぱに責任《せきにん》を果たしてくれると信じていますよ。ペトロヴァ、あなたにミチル役を引き受けてもらうのはね、ポーリーンの妹だからというだけでなく、あなたもロシア人だからなのよ。あの病院があなたの同胞《どうほう》のひとりにしてくれたことにたいして、あなたもせいいっぱいの感謝《かんしゃ》の思いをこめて、ミチルを演《えん》じてくださいね」

帰るみちみち、ポーリーンはシルヴィアとナナとペトロヴァに『青い鳥』について話して聞かせました。

「青い鳥って、幸福のシンボルらしいわ。まずしい木こりの子どものチルチルとミチルのきょうだいが、いったんなくした幸福をさがし求めて旅をするお話なのよ。二人はまず、思い出の国に行くの。夜の国ってところにも、まだこの世に生まれ出ていない子どもたちの国にも行くみたい。劇《げき》のおしまいにね、なくしてしまった青い鳥について、チルチルは劇《げき》を見てくれたお客に呼《よ》びかけるのよ。『みなさん、もしも青い鳥を見つけたら、ぼくたちに返してくださいませんか』って」

ジェークスさんの助けがなかったら、ペトロヴァはミチルの役を演《えん》じることができたかどうか。未来の女優《じょゆう》やバレリーナを養成《ようせい》することを目的としている学院の水準《すいじゅん》はたいへん高く、劇《げき》に出演《しゅつえん》する生徒は毎日、きびしい稽古《けいこ》を課せられました。出演者はしぐさや間合《まあ》いのとり方をふくめて、台詞《せりふ》を完全に自分のものにしなければなりませんでした。そんなわけで、もしもジェークスさんが乗り出してくれなかったら、ペトロヴァはミチルの役から中途《ちゅうと》で下ろされてしまったかもしれません。

朝食まえの三十分間が毎日、劇《げき》の下稽古《したげいこ》に当てられました。ジェークスさんはすばらしい先生でした。

「そんな言いかたじゃだめよ。あなたはまずしい木こりの家の子どもなのよ。おなかをすかせ、お金持ちの家の子をうらやましそうにみつめているミチルでしょ?」

「あたし、どうしても、自分がミチルだなんて思えないのよ。ミチルにふさわしい衣装《いしょう》を着ていれば、ちょっとは、その気になれるかもしれないけど」と、ペトロヴァが言ったので、それからは場面に合わせた服装《ふくそう》で練習することになりました。ポーリーンはチルチルですから半ズボンとシャツ、ペトロヴァはワンピースの上にエプロンをかけたのです。

ポージーは九月にやっと八歳《さい》になるのですが、おおぜいでおどるダンスのうちで、ひときわ目立つ役をもらっていました。

衣装《いしょう》づくりのナナを、コックとメイドのクララが手伝いました。つまり、いつの間にか、家じゅうがまきこまれていたのでした。

七月はじめのある日、地下鉄のグロスター・ロード駅の壁《かべ》に、マチネーの広告のビラがはりだされました。病院への援助《えんじょ》の趣旨《しゅし》を書いた、みじかい説明の下に、大きな字で「マチネー『青い鳥』」と記され、助演《じょえん》する有名な卒業生の名がずらりとならび、生徒の出演者《しゅつえんしゃ》の筆頭《ひっとう》に、
チルチル……ポーリーン・フォッシル

ミチル……ペトロヴァ・フォッシル

と印刷《いんさつ》されていました。

ナナと三人の姉妹はポスターを上から下まで、何度も読みかえしました。地下鉄に乗ってから、ポージーがみんなの気持ちを代表するようにこう言ったのです。

「わくわくするじゃない？　フォッシルっていう、あたしたちの名前が地下鉄の駅にはりだされたのよ！」

8　マチネー

マチネーの朝、ポーリーンが目をさますと、となりのベッドのペトロヴァがすわって、おなかのあたりをおさえていました。

「どうしたのよ、ペトロヴァ？」

「あたし、なんだか、このへんがおかしくなっちゃって……下りのエスカレーターに乗ってるうちに、落ちる、落ちるって、きゅうに心配になったみたいな、へんな気分なの」

聞いているうちに、ポーリーンも不安になっていました。

「台詞《せりふ》をわすれたら、どうしよう？」と、ペトロヴァが言いました。

「それはだいじょうぶよ。ミス・ジェイが舞台《ぶたい》のすみに立っていて、ないしょ声で教えてくれるはずよ」そう言いながら、ポーリーンもおなかをおさえていたのです。

ナナが入ってきて、ブラインドを上げながらききました。

「何をやってんですか、二人とも？」

「マチネーのこと、考えてたら、このへんがおかしくなってきて……」

「朝食を食べていないからですよ。けさは本職《ほんしょく》の女優《じょゆう》さんみたいに、ベッドで食べたらどうですか？　ソーセージのおまけつきですよ」

ベッドで朝食を食べるというのは病気のときだけ、ソーセージが朝食にでるのは日曜日だけでしたから、なんとなく晴れがましくて、お盆《ぼん》をベッドのわきにおいて豪華《ごうか》な朝食を食べおわるころには、おかしな気分はすっかり消えていました。

着がえがおわったとき、ポーリーンはペトロヴァとポージーを部屋のすみにひっぱって行きました。プログラムに自分たちの名がのっている、とくべつな日です。とうぜん、あの誓《ちか》いの言葉をとなえるべきだと思ったからでした。

「いつもはめいめいのお誕生日《たんじょうび》に誓《ちか》うけど、今日はあたしたち三人が大きな劇場《げきじょう》の舞台《ぶたい》に立つ日なんですものね」

誓《ちか》いおえたときに、ナナが入ってきて、コックがポーリーンを呼《よ》んでいると言いました。ポーリーンがキッチンに行くと、コックができたてのケーキに砂糖衣《さとうごろも》をかけさせてくれました。いつもやりたいと思っていたことを、とくべつな日を祝ってやらせてくれたコックの好意《こうい》がうれしくて、ポーリーンのおかしな気分はきれいさっぱり、消えていました。

その朝、シンプソンさんと整備場《せいびじょう》に行くみちみち、ペトロヴァもマチネーのことを思って、おなかのあたりがどうにも落ち着かず、思いきって、シンプソンさんに打ち明けました。シンプソンさんは、「よくわかるよ」と言って、自分もマレーシアで先住民のストライキを止めに行ったときに、似《に》たような気持ちを味わったと言いました。「そのとき、ぼくは口笛《くちぶえ》を吹《ふ》いてみたんだよ。そのとたん、気分がぐっと楽になってね」

「でも、あたし、口笛《くちぶえ》がうまく吹《ふ》けないし」

「だったら、歌ってごらんよ」と、シンプソンさんは「三びきのネズミ」の調べを口笛《くちぶえ》にのせました。すんだ、ほがらかな音が静かな町すじにひびきわたり、ペトロヴァはいつしか歌いだしていました。つづいて、「長い長い道を帰る」、お次は「デイジー、デイジー」と、次からつぎへと歌いつぐうちに、おかしな気分はきれいに消えていました。

シンプソンさんは整備場《せいびじょう》に、びっくりするようなプレゼントを用意していました。整備場で手伝うとき、ペトロヴァはいつもレインコートを着るのですが、「初舞台《はつぶたい》のお祝いだよ」と、シンプソンさんがわたしてくれた包みを開けると、デニムの上下が出てきました。大人の修理《しゅうり》工《こう》が着る仕事着の小さいサイズのものです。

うれしくて、ありがたくて、さっそく、それを着て仕事にかかって夢中《むちゅう》で働き、家に帰ったときには、うかない気分はきれいさっぱり、ふっとんでいたのでした。

ポージーは楽しい気分で午後をすごしました。おどるチャンスはいつも大歓迎《だいかんげい》で、とくにおおぜいの前でおどるときには、最高に心がはずむのです。

シンプソンさんが劇場《げきじょう》まで、みんなを車で送ってくれました。楽屋口から入ろうとすると、門衛《もんえい》さんがお祝いの電報《でんぽう》をわたしてくれました。ポーリーンとペトロヴァに四通ずつ。ポージーに二通。シンプソンさんと二人の博士さんたちからのもののほか、ポーリーンとペトロヴァにはマダムからの一通、さらにオルガからの「シッカリ、チルチル」、「シッカリ、ミチル」という一通があったのです。

ポーリーンとペトロヴァは二人でひとつ、楽屋部屋をあたえられていました。本職《ほんしょく》の女優《じょゆう》さんのようで、鏡の前にすわってメーキャップをしてもらううちに、気持ちがしだいにたかぶりました。

とつぜん、ドアをノックする音がして、よびだし係の少年が、「あと十五分です。よろしく」と言いました。

「十五分したら開幕《かいまく》ってこと？」と、ポーリーンがききました。興奮《こうふん》しているのでしょう、声がふるえていました。

ミス・デーンがにっこりうなずきましたが、ポーリーンも、ペトロヴァも、胸《むね》がドキドキして息苦しくなっていました。

やがてまた、さっきの少年がドアをノックしました。「プロローグと第《だい》一幕《まく》の出演者《しゅつえんしゃ》はどうぞ」

ミス・デーンと手をつないで、ポーリーンとペトロヴァは階段《かいだん》をおりました。ドアを開けるとステージでした。ミス・デーンのキスを受けて、二人はステージに進み、そこにおかれているベッドに入りました。ミス・ジェイが忍《しの》びでてきて毛布を直し、「だいじょうぶよ」と、ささやきました。オーケストラがしずかに序曲《じょきょく》を演奏《えんそう》していました。

とつぜん、全館の明かりが消え、幕《まく》がしずしずと上がりました。

三つ目の台詞《せりふ》まで、ポーリーンはただ夢中《むちゅう》で、自分でも何を言っているのか、わからないほど、あがっていました。声も、甲高《かんだか》くきしっているような感じがしたのですが、三つ目の「ねむってるわけ、ないだろ。ねむってたら、こんなふうに話せるわけ、ないじゃないか」で、お客がドッと笑ってくれました。あたたかい、親しみぶかい笑い声でした。ポーリーンは、ミス・ジェイの注意を思い出しました。「お客が笑っているときは、何も言ってはだめ。ちょっと待って、笑い声が消えかけたときに、続けるのよ」

ペトロヴァの大きらいな墓場《はかば》の場面が、目立ったミスもなく、むしろ、その日の最高の出来だったのは、ふしぎなことでした。舞台《ぶたい》にポーリーンと二人だけ、残されたとき、あたりが暗く、墓石《はかいし》が本物そっくりに見えたので、ペトロヴァはそらおそろしくなって、ポーリーンが早くダイヤモンドを回さないと、ほんとうに幽霊《ゆうれい》が出てくるのではないかと気が気でなかったのです。ダイヤモンドが回され、ユリの花が見えたとき、ペトロヴァはつくづくほっとして、「死んだひとたち、どこに行っちゃったの？」という問いにたいする、「死んだひとたちなんか、いやしないよ」というチルチル（ポーリーン）の答えを心からうれしく聞いたのでした。

劇《げき》がおわったとき、出演者全員が舞台《ぶたい》にならび、ポーリーンとペトロヴァはさらに最前列にならんで立ちました。そして、マダムが登壇《とうだん》したのです。ポーリーンとペトロヴァはいつものように深ぶかとえしゃくしかけて、ほかのひとがじっと立っているのに気づき、あわててやめました。

「みなさまは、いま、チルチルが語りかけた言葉をお聞きになったことでしょう。『青い鳥を見つけたら、どうか、ぼくたちに返してください』と、チルチルは呼《よ》びかけました。本日、みなさまは青い鳥がはなれさった病院の再建《さいけん》に力を貸《か》してくださいました。本マチネーの入場券代《にゅうじょうけんだい》とご寄付《きふ》を合わせまして、一千ポンドを病院にお贈《おく》りすることができます。

青い鳥はふたたびオルガの病院にもどってくれることでしょう。ほんとうにありがとうございました」

一千ポンドも！　全員が立ち上がって拍手《はくしゅ》し、歓呼《かんこ》しました。病院の代表が感謝《かんしゃ》の言葉をのべ、国歌斉唱《せいしょう》のうちにマチネーは幕《まく》を閉《と》じたのです。

クロムウェル通りの家に帰ると、豪華《ごうか》なお茶のテーブルが待っていました。家じゅうのひとが劇場《げきじょう》に出かけて三人の演技《えんぎ》を見たわけで、かわるがわる、感想をのべました。

コックは、「わたし、泣いちゃいましたよ」と、言い、映画《えいが》ファンのクララは、「映画よりよかったですよ」と、もらし、ジェークスさんは、「ほんと、三人とも、せいいっぱい、やりましたよね」と、ねぎらい、「とくに、ペトロヴァは努力したと思いますよ」と、つけ加えました。

「おわってがっかりかい？」と、シンプソンさんが三人の顔を見まわしたとき、ポーリーンは「とっても」と、言い、ポージーは、「ちょっぴり」と、答えました。

ペトロヴァも、「ええ、すごくがっかり」と、言ったのですが、じつは重荷《おもに》を下ろしたように、ほっとしている自分に気づいていました。

たいくつなリハーサル、もうないんだわ！　もうがまんしなくても、いいんだわ！　ああ、うれしい！

みんなが楽しげに談笑《だんしょう》していたとき、とつぜん、ポーリーンが泣きだしました。晴《は》れ舞台《ぶたい》の反動だろう、むりもないと言いたげな、ジェークスさんをのぞいて、みんながびっくりして、ポーリーンのまわりをかこみました。

シルヴィアが、「どうしたの、ポーリーン？」とききました。

「だって……だって……すてきなことが……楽しいことが……おわっちゃったんですもの……楽しいことなんか……すてきなことなんか、二度と起こりっこないんですもの……」と、ポーリーンはしゃくりあげました。

「ばかなこと、言うんじゃありませんよ」と、ナナが言いました。「ごらんなさい。あなたのお皿のなかには、おいしいケーキがまだ手つかずで残っているじゃありませんか？　そればかしじゃありませんよ。ほら、これをごらんなさい」

こう言ってナナは、フォッシル姉妹の晴《は》れ舞台《ぶたい》を記念して、シルヴィアが用意した小箱をわたしました。

一同が興味《きょうみ》しんしん見守るなかで開かれた小箱の中には、小さなエナメル製《せい》のブローチが入っていました。青い鳥が描《えが》かれている、そのうつくしいブローチをひっくり返すと、裏《うら》にその日の日付けとめいめいの名前が彫《ほ》りこまれていました。

胸《むね》がいっぱいになった三人がシルヴィアをかこみますと、うれしいことはそれだけではなかったのです。

「三人とも、ほんとうにせいいっぱい、努力したんですものね。ごほうびに楽しい夏休みを送らせてあげたくて、八月いっぱい、サセックス州のペヴェンシーの海岸に家を借りることにしたのよ」

楽しいことなんか、もう起こりっこないと言ったポーリーンが思わず、シルヴィアの顔を見返したとき、『青い鳥』のなかの台詞《せりふ》をもじったポージーの声がひびきました。

「ポーリーンたら、まあ、まだ鼻の上に、にきびをこさえてるのね」

9　新しいドレス

シルヴィアが借りたペヴェンシー海岸の家で海水浴や砂遊《すなあそ》びを楽しんだフォッシル姉妹は、三人そろって元気に秋学期をむかえました。

ポーリーンのクラスの大きい子たちはすでに免許《めんきょ》を受けていて、クリスマスのパントマイムや児童劇《じどうげき》に出演《しゅつえん》がきまり、一人、二人と授業《じゅぎょう》からぬけていきました。そのため、その学期、ポーリーンはいっしょに練習する相手がいなくなって、大きい子のリハーサルにつきあって、見学をしたり、使い走りをしたり、毎日、ゆううつでした。ひどすぎるわ！　もうたくさん！　じっとがまんしているつもりでしたが、不満が態度《たいど》や表情《ひょうじょう》にあらわれていたのでしょう。

ある日、ミス・ジェイに呼《よ》びとめられました。

「ポーリーン、あいにく、わたし、いま、クリスマスの出しもので手いっぱいなのよ。あなたはこの機会に、フランス語の劇《げき》の勉強をしたらどうかしら？　マダム・ムーランにお話ししておきましたからね」

ポーリーンはそれまでも週二時間、マダム・ムーラン担当《たんとう》のフランス語の劇《げき》のクラスに出ており、これ以上はたくさんだという気持ちでしたが、ミス・ジェイにはさからえません。

マダム・ムーランはポーリーンを、笑顔でむかえました。

「ちょうどよかったわ。わたし、アンデルセンの『マッチ売りの少女』のフランス語の劇《げき》を計画しているのよ。いっしょにフランス語に訳《やく》してみましょうよ」

ポーリーンはびっくりしました。

「あたし、演技《えんぎ》の勉強がしたいんです。フランス語に訳《やく》すなんて……」

「でも、これはあなたの将来《しょうらい》にとって、たいへんねがわしい勉強なのよ」

マダム・ムーランは椅子《いす》を引き出して、ポーリーンをすわらせ、英語版のアンデルセン童話集をしめしました。

「さっそくはじめてくださいな。脚本《きゃくほん》むきに訳《やく》すのはたいへんだけれど、とても意味のある勉強だと思うの」

ポーリーンは泣くまいと努力していたのですが、なみだで目のまえの活字《かつじ》がぼやけてゆれ、すすり泣きがしゃっくりのようにこみあげて、とめどがなくなりました。

「どうして泣くの、ポーリーン？」

「だって……だって……フランス語に訳《やく》すなんて――あたし――劇《げき》の勉強がしたいのに……」

マダム・ムーランはしばらく窓《まど》の外をじっとながめているようでしたが、やがてポーリーンの肩《かた》に手をおきました。

「聞いてちょうだい、ポーリーン。わたし、わかいころ、アカデミー・フランセーズの学生でね。ちょうどあなたのように、将来《しょうらい》を期待されていたのよ。ある日、有名な女優《じょゆう》さんがアカデミーにいらっしゃったの。かなりのお年で、片足《かたあし》は義足でしたっけ。そのころ、わたし、期待の新人なんて言われて、『レグロン』という劇《げき》に出演《しゅつえん》して、かなり評判《ひょうばん》になっていたのよ」

ポーリーンはなみだをおさえて、聞き耳を立てました。「レグロン？　『鷲《わし》』っていう題の劇《げき》だったんですか？」

「ええ。まずしい少年が主人公でね。この子のあだ名がレグロンだったの。アカデミーを訪れた大女優《だいじょゆう》はたいへんなおばあさんだったのに、わたしたち学生のまえで、この少年の台詞《せりふ》を朗読《ろうどく》して聞かせてくださったのよ。はじめ、わたしは、ほとんど無関心《むかんしん》だったの。『まあ、聞いてあげましょう。お年よりなんだから』って、いいかげんな態度《たいど》だったんじゃないかしら。

でも、朗読《ろうどく》がおわったとき、わたし、なみだをおさえきれなくてね。だれもが感動して、その大先輩《だいせんぱい》の手をかわるがわるにぎって、その気持ちをつたえたの。わたしの番がきたとき、だれかが『レグロン』にわたしが主人公の少年の役で出演《しゅつえん》していることを話したらしく、あの方、わたしの手を取って、『忘れちゃいけませんよ。女優《じょゆう》はね、息を引き取るまで、学びつづけるのよ』って、おっしゃったの。朗読《ろうどく》を聞いているわたしの高慢《こうまん》ちきな表情《ひょうじょう》に気づいていらっしゃったんじゃないでしょうかね。どう？　いっしょに、このアンデルセンのすてきなお話を劇《げき》のかたちに訳《やく》してみようじゃないの。そして、つぎの学期には、衣装《いしょう》をつけて演《えん》じてみましょうよ」

ポージーも、その学期、似《に》たような失望を味わっていました。

マダムが言ったのです。「わたしはね、ポージー、今学期はパントマイムに出演《しゅつえん》する生徒たちを指導《しどう》しなければならないの。あなたは今後、普通科《ふつうか》のクラスに出てくださいね」

おどろいたことに、ポージーはすぐ言ったのです。「だったら、あたし、今学期は、フェンシングのほか、授業《じゅぎょう》には出ません」

マダムはじろっと、ポージーの顔を見返しました。「なぜ？」

「あのね、あたし、マダムがじかにお手本を見せてくださるまでは、ひとりで練習するほうがいいと思うんです。これまでマダムに教えていただいたことはぜんぶ、頭にきざみつけていますし、何よりも、脚《あし》が覚えていますから」

マダムは一瞬《いっしゅん》、何てなまいきなことを言う子だろうとあきれかえって、ポージーの顔を見つめましたが、とつぜん、おかしくてたまらないというように、笑いだしました。

「あなた、いったい、いくつなの？」

「八歳《さい》です」

マダムはポージーの頬《ほお》にキスをして、言いました。

「そうね、あなたの思うようにしていいから、身についていることを、きちんと練習するんですよ。来学期、しっかり見てあげますからね」

ペトロヴァの場合は、パントマイムに出演《しゅつえん》する上級生や同級生のせいで授業《じゅぎょう》がなくなるのは、むしろ大歓迎《だいかんげい》でした。先生たちは群舞《ぐんぶ》に出演《しゅつえん》する生徒たちの下稽古《したげいこ》にいそがしく、ペトロヴァのように、出演《しゅつえん》からはずされている子に気をくばるゆとりがありませんでした。めいめい、ちゃんと自習するようにきびしく言いわたされてはいましたが、ペトロヴァはこのときとばかり、練習はそっちのけで、好きなことをやっていました。

翌年《よくとし》はフォッシル姉妹にとって、とても重大な年になるはずでした。三人姉妹のうち、ポーリーンがまっさきに十二歳《さい》になって、舞台《ぶたい》に立つ免許《めんきょ》を受けることになっていましたから。

ところがその秋、フォッシル姉妹はそろいもそろって百日咳《ひゃくにちぜき》にかかってしまったのです。

はじめのうちは、どの子もベッドでコンコン咳《せき》をしていましたが、やがて起きられるようになり、咳《せき》もほとんど出なくなりました。でも登校はもちろん、外出はいっさい禁止《きんし》。まったくうんざりでした。

そんなある日、シンプソンさんのおくさんが、自分が子どものころ、お手伝いだったひとが

田舎住《いなかず》まいをしていて、暮《く》らしの足しに、病後の子どもをあずかっている。あたたかい保養地《ほようち》らしいし、三人をその家であずかってもらってはどうかと提案《ていあん》しました。しかも、整備場《せいびじょう》の景気《けいき》がたいそういいので、転地《てんち》の費用は自分たちからのプレゼントにさせてほしいと言ってくれたのです。

ケント州のその家は野原のまんなかの一軒家《いっけんや》で、子どもたちにつきそったナナは、その家のおくさんとたちまち意気投合《いきとうごう》し、子どもたちの世話をやくのもほどほどに、田舎住《いなかず》まいを楽しみました。子どもたちはほとんど一日じゅう、戸外《こがい》ですごし、食欲も進み、ロンドンに帰ったときには、咳《せき》はまったく影《かげ》をひそめていたのでした。

十一月に入った、ある日、ミス・ジェイが言いました。

「ポーリーン、明日の午前十一時に学院にきてください。てきとうな長さのリボンを持って、よそゆきのドレスを着て。マネージャーに面接《めんせつ》に行きますから」

ポーリーンは、面接《めんせつ》にふさわしいドレスなんて、一着も持っていませんでした。ガムののこしたお金はへるいっぽう。ナナはつぎやつくろいものの名人でしたが、いくら器用につくろっても、つぎはぎで間に合わせたよそゆきはクタッとして、見るから貧弱《ひんじゃく》でした。

でも、この面接《めんせつ》は重大です。

「ガーニーにきいてみたら？」と、ポージーが言いましたが、ポーリーンとペトロヴァは、はげしく首をふりました。

「だめよ。ガーニーには言えないわ。そんな心配かけちゃ、いけないのよ」

「そうですとも」と、ナナも言いました。シルヴィアの髪《かみ》にちかごろ、めっきり、白髪《しらが》がめだつこと、やりくりに日夜、苦労していることを察《さっ》していたからでした。

「あたしたちのネックレスか、時計を売るわけにいかないかしら？　その代金で、あたしに似合《にあ》う服を買って、ペトロヴァとポージーの面接《めんせつ》のときにも、それを着ることにすればいいんじゃない？」と、ポーリーンが言いました。

相談のあげく、まずポーリーンとナナが三連のネックレスを持って宝石店《ほうせきてん》に行って、交渉《こうしょう》してみようということになりました。

二人が出かけようとしているところに、シンプソンさんが通り合わせました。

「どこに行くの？　車で送ってあげるよ」

ナナと子どもたちは顔を見合わせました。ないしょのやりくりを、他人に知られたくなかったのです。

シンプソンさんは、ホーッとため息《いき》をつきました。

「がっかりだなあ。友だちにはかくしごとをしないでもらいたいね。ぼくを信用していないのかい？」

シンプソンさんは、たしかに友だちです。ナナと三人のフォッシル姉妹は顔を見合わせたすえに、何もかも、シンプソンさんに打ち明けました。

シンプソンさんはじっと耳をかたむけていましたが、ポケットからメモ帳とペンを取り出し、まるで重役会議か何かで演説《えんぜつ》をする社長さんのような口調《くちょう》で言いました。

「ぼくがきみたち三人のこのネックレスを抵当《ていとう》にして、五ポンド、きみたちに貸《か》してあげることにしたら、どうかな？　ポーリーンはやがて、お金をかせぐようになる。ペトロヴァも、ポージーも、いずれはかせぎ手になるだろう。そのときがきたら、毎週、少しずつ、返してくれればいいんだよ。ネックレスをかけなければならないときには、ナナがぼくのところに借りだしにきたらいい。くだらないお金の話を、シルヴィアさんの耳に入れたくないからね。どう？　すばらしい思いつきだと、ぼくは思うんだが」

それはまったくすばらしい、そして、たいへんありがたい提案《ていあん》でした。

「ポーリーン、きみからだ。ここにサインしたまえ。つぎがペトロヴァ、さいごにポージーがサインをして、万事《ばんじ》、きまりだ」と、シンプソンさんは言ったのです。

10　オーディション

どんな場合でも、新調《しんちょう》の服を着ているというのは、心強いものです。それに、その服はポーリーンに、とてもよく似合《にあ》っていました。

ナナとハロッズ百貨店《ひゃっかてん》に出かけたポーリーンは、黒いシフォン・ビロードのぴったりの服を見つけることができたのです。あっさりした型《かた》ですが、白いえりとそで口《ぐち》がアクセントになっていて、胴《どう》はきっちりしまり、うしろにずらっとボタンがならんでいました。すその折り返しもたっぷりあって、背《せ》たけにおうじて、すそを下ろすことができるのも好都合《こうつごう》でした。

オーディションの当日、ポーリーンは学院のホールで、ミス・ジェイと待ち合わせました。コートはナナが持っていました。オーディションに行く子は、まずミス・ジェイの検閲《けんえつ》を受けるきまりだったのです。ウィニフレッドという生徒がいっしょでした。ウィニフレッドはとても優秀《ゆうしゅう》な子で、ダンスも、歌も、たいへんじょうずでした。とくにかわいらしいというわけではありませんが、感じのいい、はっきりした顔だちでした。ただ、着ている、うす茶のビロードの服はかなり着古したものらしく、ちょっとくたびれた感じがしました。

ウィニフレッドのお母さんはナナを見ると、「じつは、夫が病気でして、おまけに、このウィニフレッドの下に、小さい子が五人もいて、ずっとつきそっているわけにいかないんです。すみませんが、この子をよろしくおねがいします」と、言って帰りました。

ウィニフレッドは、ポーリーンの服をとてもしゃれていると思ったようで、うらやましそうに、「すてきなドレスねえ！　あたしの服、きゅうくつで、息もろくにつけないの」と、こぼしました。「これ、去年、パントマイムに出たときにもらったお金で買ったんだけど、今年、あたし、背《せ》がすごくのびちゃって、腰《こし》まわりもきゅうくつだし……」

ウィニフレッドに思いちがいしてほしくなかったので、ポーリーンは小さな声で言いました。「あたしのこのドレスだって、

お金を借りて、やっと買ったのよ」

「ここにきて、わかったんだけどね、これからあたしたち、『アリス』のオーディションを受けに、プリンセス劇場《げきじょう》に行くみたいよ」と、ウィニフレッドはなかなかの事情通《じじょうつう》でした。

「『ふしぎの国のアリス』の？」と、ポーリーンは息をはずませて、きき返しました。「どうしてわかるの？」

「リボンを持ってくるように言われたでしょ？　『アリス』のオーディションのときは、きまって、そう言われるのよ」

「アリスになれたらねえ！」と、ポーリーンは思わず、つぶやきました。

「プリンセス劇場《げきじょう》はケチだから、アリスになっても、週に五ポンド、もらえるかどうか。でも、もしも、あたしがアリスに選ばれれば、あたしのうち、とっても助かるのよ。父さん、このあいだ、手術《しゅじゅつ》をうけたし、弟たち、新しい服や靴《くつ》がいるし」

ポーリーンはそれまで、本気でお金の心配をしたことがありませんでしたので、ウィニフレッドの言葉を聞いているうちに、なんだか、つらくなってきました。自分より、ウィニフレッドが選ばれるほうがいいんじゃないかという気がしたのです。

やがてミス・ジェイが現《あら》われて、二人をグルッと回らせ、「とってもすてきよ」と、言ってくれました。そして、アリス役のオーディションなので、テニエルが描《か》いた挿絵《さしえ》のアリスのように、髪《かみ》をリボンで結ぶことになっているのだと説明しました。

プリンセス劇場《げきじょう》の楽屋口に車で乗りつけて、ステージに出ていきますと、髪《かみ》をリボンで結んでいる女の子がすでに十人ばかり、きていました。練習服にバレエ・シューズの少女たちは、たぶん、おおぜいの出る群舞《ぐんぶ》のオーディションを受けるのでしょう。

ミス・ジェイはナナに、二人の髪《かみ》をとかしてやってくれとたのみ、観客席につうじるドアから姿《すがた》を消しました。

やがてどこからか、男のひとの声がひびきました。

「名前を呼《よ》ばれた子は、まえのほうに出てきてください。いいですね？」

ウィニフレッドとポーリーンも名前を呼《よ》ばれて、フットライトのまえに立ちました。かなり長いこと、そうして立っているあいだ、大人たちのひそひそ声が聞こえ、ポーリーンは胸《むね》がドキドキして、その場からにげだしたくなりました。

やがてまた、べつな声が言いました。「黒い服を着た、金髪《きんぱつ》の子、名前は？」

ポーリーンは自分のことなのかどうか、一瞬《いっしゅん》、ためらっていました。でも、ミス・ジェイがすぐ、「ポーリーン・フォッシルです」と、言ってくれました。

「ポーリーン、こっちにきて、顔を見せてください」

ポーリーンはおおぜいの注目を浴びて、ドキドキしながらも、学院の訓練のおかげで、よい姿勢《しせい》が身についていましたので、足のつまさきを外側に向け、かかとをきっちり床《ゆか》につけて、両手をうしろに組んでたたずみました。

ミス・ジェイがささやきました。「あなたの声をテストしたいんですって。はじめに歌いますか、それとも台詞《せりふ》をさきに？」

学院の生徒はだれでも、十二歳《さい》の誕生日《たんじょうび》が近くなると、「モーディション」を用意します。これは「マイ・オーディション」の略語《りゃくご》で、台詞《せりふ》、もしくは詩の暗誦《あんしょう》、歌、それにダンスの三つから成《な》っています。ポーリーンは『真夏《まなつ》の夜《よ》の夢《ゆめ》』のパックの台詞《せりふ》と、「妖《よう》精《せい》の春の歌」というワルツの節まわしの歌、さらに、それに合わせてのダンスを用意していました。

台詞《せりふ》を口にすると、胸《むね》の高鳴《たかな》りは消え、ポーリーンはいつの間にか、人間の世界にぞくしていない、ふしぎな妖精《ようせい》パックになっていました。

歌も何とかこなしたのですが、ダンスは、ちょっとあがってしまいました。チャリティー・ショーなどに出演《しゅつえん》すると、すぐ拍手喝采《はくしゅかっさい》がかえってくるのに、オーディションの場合は拍手どころか、しんと静まりかえっています。ポーリーンが拍子《ひょうし》ぬけして、顔を上げると、ウィニフレッドが自分のとなりの椅子《いす》を指さしていたので、これでおしまいらしいとホッとして、席にもどりました。

つづいて、ウィニフレッドの名が呼《よ》ばれました。

ウィニフレッドは台詞《せりふ》も、歌も、ダンスも、申し分なくこなしましたが、「かんじんなのは演技《えんぎ》や歌より、第一印象と個性《こせい》みたいだから」と、さとった口調《くちょう》で言いました。

しばらくすると、ミス・ジェイが近づいて、「おわったわ。帰りましょう」と、言い、タクシーに乗ってから、ポーリーンに、「あなたがアリスに選ばれたわ」と、言いました。

「てっきり、ウィニフレッドが選ばれるだろうと思いましたがねえ」と、ナナがつぶやきました。「ポーリーンより、ずっとじょうずだったじゃないですか」

「ええ、でも、アリスのイメージには、ポーリーンがぴったりなんですって」と、ミス・ジェイは答えました。「ウィニフレッドは代役《だいやく》として、やとわれるようです」

とつぜん、ウィニフレッドが両手で顔をおおって、泣きだしました。

「あたし、アリスの役、とってもほしかったのに……アリスになれれば、父さんも、母さんも、すごく助かったのに……」

ウィニフレッドのすすり泣きを聞いているうちに、ポーリーンのさいしょの勝利感とよろこびは消え、やりきれない気持ちになっていました。

シルヴィアがポーリーンに代わって劇場《げきじょう》との契約《けいやく》にサインするに先だって、ステージに立つことについて、ロンドン市議会の認可《にんか》を受ける必要がありました。まず、出生証明書《しゅっしょうしょうめいしょ》を提出《ていしゅつ》しなければならないのですが、ポーリーンは出生証明書《しゅっしょうしょうめいしょ》を持っていません。なにしろ、氷山にしょうとつして沈没《ちんぼつ》した船にお母さんと乗っていて、あぶなくおぼれ死ぬところをひとりだけ、救い上げられた赤ちゃんだったんですから。

さいわい、ガムは手続きをきちんとやっておくたちで、戸籍謄本《こせきとうほん》を管理するサマセット・ハウスという役所に足をはこび、養子縁組《ようしえんぐみ》の手続きをすませていました。おかげで、ポーリーンが十二歳《さい》だということが、はっきり証明《しょうめい》されたのです。

シルヴィアはポーリーンの保護者《ほごしゃ》として、認可申請書《にんかしんせいしょ》にこまごまと書きこんで、プリンセス劇場《げきじょう》に提出《ていしゅつ》しなければなりませんでした。その書類に、劇場の責任者がサインし、そのうえでシルヴィアはポーリーンをつれて、水曜日に州庁に出頭《しゅっとう》することになりました。医務官《いむかん》による身体検査《しんたいけんさ》と、教育局の事務官《じむかん》の面接《めんせつ》を受けるためでした。

家じゅうが気をもみました。ジェークスさんとスミスさんは教育局の事務官《じむかん》から、まともな教育を受けていないから認可《にんか》できないと言われたらと、心配しましたし、ナナは、もしもポーリーンの健康に問題があったらとくよくよしましたし、シルヴィアはシルヴィアで、養女を働かせて、給金をまきあげようとしている性《しょう》わる女《おんな》と思われないかと、二、三日まえから、食《しょく》欲《よく》がなくなっていました。

当日はシンプソンさんが、シルヴィアとポーリーンを車で連れていってくれました。

州庁の建物があまりりっぱなので、シルヴィアは入るのに気おくれを感じましたが、シンプソンさんは、「この建物は、ある意味ではぼくらのものなんですよ。納税者《のうぜいしゃ》なんですからね」と、先に立って、中に入りました。

ポーリーンに面接《めんせつ》した医務官《いむかん》はとても親切で、「どこの家のお母さんも、こんな健康優良児《けんこうゆうりょうじ》を連れてきてくれると、ありがたいんですがね」と、言いました。教育局の事務官《じむかん》はポーリーンの生《お》い立《た》ちに興味《きょうみ》をしめし、ポーリーンが、ペトロヴァとポージーのことを話すと、いずれ、二人に会うのを楽しみにしていると言いました。そして、シルヴィアがジェークスさんたちの授業《じゅぎょう》のことを告げると、「アリスは頭のいい、たいへんもの知りの子みたいですからね、アリスに扮《ふん》するお子さんがそうした高い教育を受けているのは、とてもけっこうなことです」と、言ったのです。

ポーリーンの気にかかっていたのは、収入《しゅうにゅう》についての取りきめでした。ポーリーンがまえもって読んでおいた規則《きそく》によると、アリスとしての収入の三分の一はポーリーン自身の将来《しょうらい》にそなえて、郵便局《ゆうびんきょく》にあずけられることになっています。また収入《しゅうにゅう》の十パーセントは、これまで月謝《げっしゃ》なしで教育してくれた学院にたいして、五年間にわたって支払《しはら》われます。のこりの二ポンド五シリング四ペンス（1ポンドは20シリング、1シリングは12ペンス）の中から、シルヴィアにいくらか取ってもらい、さらに、そののこりのうちから、ネックレスを抵当《ていとう》にシンプソンさんに借りているお金を返すわけです。

ポーリーンは、週三十シリングをシルヴィアにわたして、家計のおぎないにつかってもらい、

わたしの絵本体験

松居　友❖著　四六判 242頁 本体1,400円+税

親から子どもへ豊かな愛を注ぐ昔話と絵本の読み語りの大切さを、自身の豊かな絵本体験をふまえ、元絵本編集者が具体例を示してやさしく語り、ミンダナオ子ども図書館の活動の原点を紹介します。

978-4-7642-6967-5

昔話とこころの自立

松居　友❖著　四六判 244頁 本体1,400円+税

人間が昔話にこめて語り伝えてきた〈生きる勇気と知恵〉とは何か？　著者自身の体験を交えながら、昔話に描かれる深層心理の世界を読み解きます。

978-4-7642-6969-9

昔話の死と誕生

松居　友❖著　四六判 248頁 本体1,400円+税

昔話を通して、子どもに死を語るのにはどのような意味があるのでしょうか。哲学や深層心理学の視点で昔話を分析し、日本文化が基層に抱く宇宙像を探る！

978-4-7642-6968-2

《呈・図書目録》

教文館　〒104-0061 東京都中央区銀座 4-5-1
TEL 03-3561-5549 FAX 03-5250-5107

松居直のすすめる50の絵本

大人のための絵本入門

松居 直❖著 四六判 136頁 本体1,300円+税

福音館書店の名編集者・松居直が、大人に贈るブックリスト。新旧・国内外の様々な絵本から50冊選び、絵本のもつ力とその読み取り方・楽しみ方を解説します。

978-4-7642-6910-1

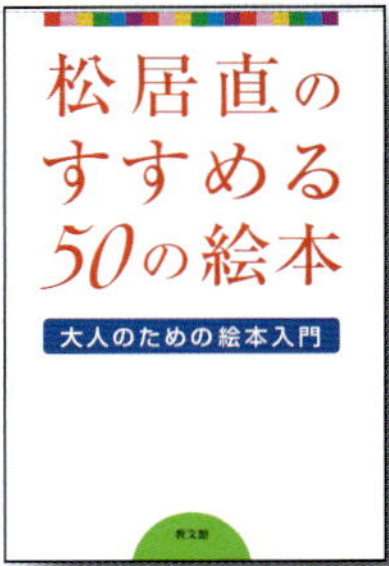

松居直の絵本づくり

藤本朝巳❖著

四六判 238頁 本体1,800円+税

月刊絵本「こどものとも」を創刊し、多くの名作を世に送り出してきた名編集者・松居直。日本の絵本づくりに革命をもたらした、その奥義を児童文学研究者が紹介します。

978-4-7642-6124-2

学校ブックトーク入門

元気な学校図書館のつくりかた

高桑弥須子❖著

Ａ５判 184頁 本体1,600円+税

経験豊富な現役学校司書が、ブックトークの作り方と学校図書館の働きのすべてを解説する、学校図書館司書必携のおたすけガイドブック決定版！

978-4-7642-7321-4

鉄道きょうだい

E ネズビット❖著 中村妙子❖訳
四六判 376頁 本体1,600円+税

ある日突然お父さんが不在となり、田舎ぐらしを余儀なくされた3人きょうだい。そんな子どもたちに鉄道は、様々な事件を通して素敵な友人と贈り物をもたらしてくれたのです！『砂の妖精』のE.ネズビットが描く、心温まる物語。

978-4-7642-6946-0

メディアにむしばまれる子どもたち

小児科医からのメッセージ

田澤雄作❖著
四六判 202頁 本体1,300円+税

メディア漬けと忙しすぎる毎日で、慢性疲労に陥った子どもたちを救うための処方箋！いま大人は何をするべきか、臨床歴45年のベテラン小児科医が提言します。

978-4-7642-6946-0

わたしはなぜファンタジーに向かうのか

斎藤惇夫❖著
四六判 128頁 本体1,100円+税

「ガンバの冒険シリーズ」『哲夫の春休み』の著者が、自身の魂の軌跡と作品の執筆経緯を辿りつつ、子どもたちと、子どもの本への思いを熱く語る講演録。巻末に、子どもとおとなのための〈絵本と物語のリスト〉を収録。

978-4-7642-6976-7

教文館
絵本・児童書関連本のご案内
2018

バレエ・シューズ

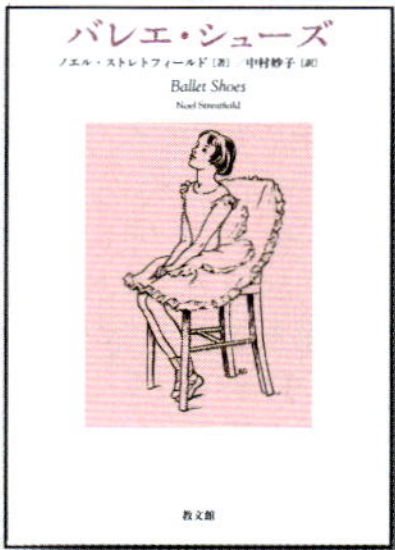

ノエル・ストレトフィールド❖著　中村妙子❖訳
四六判 210頁 本体1,300円+税

1930年代の英国。姉妹として育てられた3人の孤児ポーリーン、ペトロヴァ、ポージーが、舞台芸術学院で学びながら収入を得て、自分の進む道を選ぶ物語。児童小説の古典的名作、新訳で登場！

978-4-7642-6732-9

ふたりのエアリエル

ノエル・ストレトフィールド❖著　中村妙子❖訳
四六判 230頁 本体1,400円+税

第2次世界大戦下のロンドンで、演劇の家系に生まれた子どもたちが繰り広げる物語。自分の将来の道を模索する少女ソレルが、従姉妹との競演の果てにつかんだ夢とは…！　『バレエ・シューズ』の姉妹編、初邦訳。

978-4-7642-6712-1

ふたりのスケーター

ノエル・ストレトフィールド❖著　中村妙子❖訳
四六判 210頁 本体1,200円+税

第2次世界大戦前の英国。健康回復のため10歳でフィギュアスケートを始めたハリエット。3歳から英才教育を受けてきたララ。2人の少女が切磋琢磨しながら成長する姿を描く物語。

978-4-7642-6730-5

http://www.kyobunkwan.co.jp

のこりの十五シリング四ペンスをネックレスの借金の支払《しはら》いに当てるつもりでした。

ところが、シルヴィアは事務官《じむかん》に、最低二ポンドを郵便局《ゆうびんきょく》にあずけるつもりだと言ったのです。

「ガーニー、どうしてなの？　二十六シリング八ペンスでいいのに！」と、ポーリーンは夢《む》中《ちゅう》で口をはさみました。

シルヴィアも、事務官《じむかん》も、思わず笑いだし、事務官は、「計算がたっしゃだね」と、ほめました。

「ポーリーン、わたしね、あなたが大きくなるまでに、なるべくたくさん、貯金しておきたいのよ」と、シルヴィアが言いました。

帰ってから、ナナに話すと、「シルヴィアさまには、わたしがお話ししておきますよ」と、うけあってくれたのです。

ナナは、子どもたちがベッドに入ってから、シルヴィアの部屋のドアをノックしました。

「ポーリーンは、先生のお留守《るす》のあいだ、生活費を少しでも出せたらと、それを楽しみに舞《ぶ》台《たい》に立つんです。その気持ちを無《む》にするのはどうかと思いますね」

シルヴィアは顔を赤らめました。

「でも、ナナ、子どもたちのかせいだお金は、あの子たち自身の将来《しょうらい》のために取っておくべきじゃないかしら。あなただって、お給料を受け取ってくれないし……」

「わたしのお給料は、先生が帰られてから、ちゃんといただきますよ。ポーリーンの収入《しゅうにゅう》のことですがね、家計費の分として、一ポンド、お取りになるのが正当じゃないでしょうかね。それから衣服費《いふくひ》として十シリング。のこりの二シリングをおこづかいとして、毎週、三人にわたしたら、どうでしょう？　そのうち、一シリングはポーリーンの分、ペトロヴァとポージーは六ペンスずつ。あの子たち、もう一年以上も、おこづかいなしだったんですから、大よろこびでしょうよ。さあ、これで何もかも、おさまりがつきました。おやすみなさいませ、シルヴィアさま」

シルヴィアはその夜、ここ何週間ものあいだ、ついぞなかったくらい、ぐっすりねむりました。

ポーリーンからの一ポンドはじっさい、何とも言えないほど、ありがたかったのです。

11　ポーリーンが学んだこと

ポーリーンの『ふしぎの国のアリス』は大当たりで、いろいろな新聞に写真や記事がのりました。楽屋には毎日、たくさんのファン・レターがとどきましたし、いっしょに出演《しゅつえん》している大人の俳優《はいゆう》たちも、ポーリーンにやさしくしてくれました。

たぶん、そのせいでしょう、ポーリーンはいっとき、たいへんなうぬぼれやになってしまったのです。ペトロヴァとポージーがまず、それに気づきました。

ある日、ペトロヴァが言いました。

「ポーリーン、あなたの足や手、どうかしちゃったの？」

「べつに。どうしてよ？」

「手も、足も、ちゃんと動くなら、用事をひとにたのまなくてもいいんじゃないかしら」

ポーリーンは顔を赤らめました。

「あたし、劇場《げきじょう》では、何もかも、ほかのひとにやってもらってるのよ」

ペトロヴァとポージーは、じろっとポーリーンの顔を見ました。

「だったら、たいへんよね、あたしたちが三人とも、働くようになったら。この家に、女王さまが三人いるってことになるかもよ」と、ペトロヴァが言いました。

「三人がそろって、いばりだしたら、ガーニーも、ナナも、大こまりでしょうね」と、ポージーも言いました。

「ひどいのね、あなたたち！」と、ポーリーンは、ドアをたたきつけるように閉《し》めたのです。

『ふしぎの国のアリス』の公演《こうえん》がつづくうちに、ポーリーンのうぬぼれは、ますますひどくなりました。ウィニフレッドはポーリーンの代役として、同じ楽屋につめていましたが、ポーリーンは「ハンカチーフ、落としちゃったわ。ひろってちょうだい」とか、「そこの櫛《くし》を取ってくれない？」などと、ウィニフレッドに命令するようになったのです。

代役というのはもともと、つまらない役目です。ウィニフレッドは気のいいたちなので、ポーリーンのわがままをがまんしていましたが、ある日、そんなポーリーンに気づいて、ナナがしかりました。

「落としたものは、自分でひろったらいいでしょうに。ウィニフレッドも、わたしも、用事は山ほど、あるんですからね」

「どうしていけないの？　ウィニフレッドはひまで、あたしはとってもいそがしいのよ」

「ポーリーン、ちょっと考えてみたら、どうですか？」と、ナナは低い声で、しんみり言って聞かせました。「代役として楽屋につめているのは、ウィニフレッドじゃなく、あなただったかもしれないんですよ。そんないばった言いぐさは、二度と聞きたくありませんね」

シルヴィアは、主役をもらったことで、ポーリーンがいい気になっているのではないかと心配していましたが、ジェークスさんが言いました。

「だいじょうぶですよ。うぬぼれがひどければひどいほど、いずれ、ペシャンコになるでしょうから」

プリンセス劇場《げきじょう》では、舞台《ぶたい》に登場していない俳優《はいゆう》はだれでも、舞台衣装《ぶたいいしょう》のうえに肩《かた》かけを羽織《はお》るきまりになっていました。ナナはポーリーンが舞台《ぶたい》に出たあと、その肩《かた》かけを通路の壁《かべ》の釘《くぎ》にかけておきました。幕《まく》が下りたときや、とちゅうで舞台《ぶたい》を下りたときには、いつでもまた肩かけを羽織《はお》ることになっていたからです。

ポーリーンはそれをめんどうがり、肩《かた》かけを釘《くぎ》にかけっぱなしにすることがしばしばあって、よびだし係の少年がそのつど、楽屋にとどけにきました。

ある午後のこと、第一幕《だいいちまく》がおわって、スキップしながら楽屋に帰りかけたポーリーンを、劇《げき》場《じょう》のマネージャーのバーンズさんが呼《よ》びとめました。

「肩《かた》かけはどうしたんだね？」

「ああ、わすれてたわ。よびだし係の男の子にとどけさせてちょうだい」

こう言って、ポーリーンは走って、楽屋にもどりました。

バーンズさんはポーリーンの肩《かた》かけを自分で釘《くぎ》から取って、ポーリーンの後について行き、楽屋のドアをノックしました。ナナがドアを開けました。

「ポーリーンに、よく言い聞かせてください。舞台《ぶたい》に出ていないときには、かならず、肩《かた》かけをするのが、この劇場《げきじょう》のきまりなんですから。よびだし係がとどけたらいいと、ポーリーンは思っているようですが、あの少年には、ほかにもいろいろ用事がありますの」

ナナはポーリーンに、バーンズさんの伝言をつたえました。

「めんどくさいのねえ」と、ポーリーンはいばった口調《くちょう》でつぶやきました。「くだらないきまりだわ」

戸口にいたバーンズさんが言いました。

「くだらないかもしれない。だが、規則《きそく》は規則だからね」

ポーリーンはその後の二、三日は肩《かた》かけをわすれませんでしたが、ある午後、さいごの幕《まく》が下りたとき、肩《かた》かけをわざと羽織《はお》らずに楽屋に引きあげました。数分後、よびだし係の少年がドアをノックしました。

「バーンズさんからの伝言です、ミス・フォッシル。肩《かた》かけを取りにもどってください」

「あたし、いま、いそがしいのよ」と、ポーリーンは言いました。

「ポーリーン、マネージャーからの伝言なんですよ」と、ナナが口をはさみました。ウィニフレッドがこれを聞いて、「あたしが取ってくるわ」と言いました。

「いいえ、ウィニフレッド」と、ナナが止めました。「ポーリーンが自分で取りに行くか、釘《くぎ》にかけっぱなしにしておくか、どっちかです」

「だったら、かけっぱなしにしておいたらいいわ」と、ポーリーンはメーキャップを落としにかかりました。

しばらくして、またドアをノックする音がしました。マネージャーのバーンズさんが立っていました。

「わたしの伝言を、聞かなかったのかね、ポーリーン？」

「聞いたわ。でも、あたし、このとおり、取りにいくひまがないのよ」と、ポーリーンはすまして答えました。

となりの楽屋にたまたま来合せていた、プリンセス劇場《げきじょう》の専務取締役《せんむとりしまりやく》のフレンチ氏が、ドアのかげから顔を出しました。

「どうしたんだね？」

バーンズ氏には言いつけ口をする気はなかったのですが、ナナが、このさい、しかられるほうがポーリーンのためになると判断《はんだん》して、すべてを包みかくさずに話しました。

フレンチ氏は言いました。

「わたしたちが決めた、この劇場《げきじょう》の規則《きそく》はすべて、きちんと守ってもらわないとね」

ポーリーンはこのときにはもうすっかり興奮《こうふん》しており、「そんな規則《きそく》をつくったひとが、取ってきたらいいじゃないの！」と、口走りました。

部屋の中はいっとき、しんと静まりかえりました。ポーリーンも、どうやら、とんでもないことを言ってしまったらしいと気づきました。フレンチ氏はこの劇場《げきじょう》では、たいへん、えらいひとなのです。

やがて、フレンチ氏の冷ややかな声がひびきました。

「この子の代役は、この部屋につめているんでしょうね？　明日は、代役に出演《しゅつえん》してもらいましょう」

フレンチ氏はそれっきり、ポーリーンのほうを見返りもせずに、立ち去ったのです。

家に帰ると、ポーリーンは階段をかけあがって、浴室にとびこみ、コートを着たまま、床《ゆか》に身を投げだして、はげしく泣きじゃくりました。ショックと同時に、わけもなくいばりちらしてきたことを思い返して、はずかしくていたたまらなかったのです。

ナナはペトロヴァとポージーに、事情《じじょう》を話して聞かせました。それまで、ポーリーンに批判的《はんてき》だった二人ですが、こんなことになるとは思わなかったので、ポーリーンがかわいそうでたまりませんでした。

ナナはやがて浴室のドアをノックしました。ポーリーンはひどく落ちこんでいて、ひとりでいたかったのですが、ナナにはさからえません。ドアを開けたポーリーンの肩《かた》に手をかけて、ナナはやさしく言いました。

「さあ、入浴をして、パン粥《がゆ》でもおなかに入れて、それから、シルヴィアさまのところに行っ

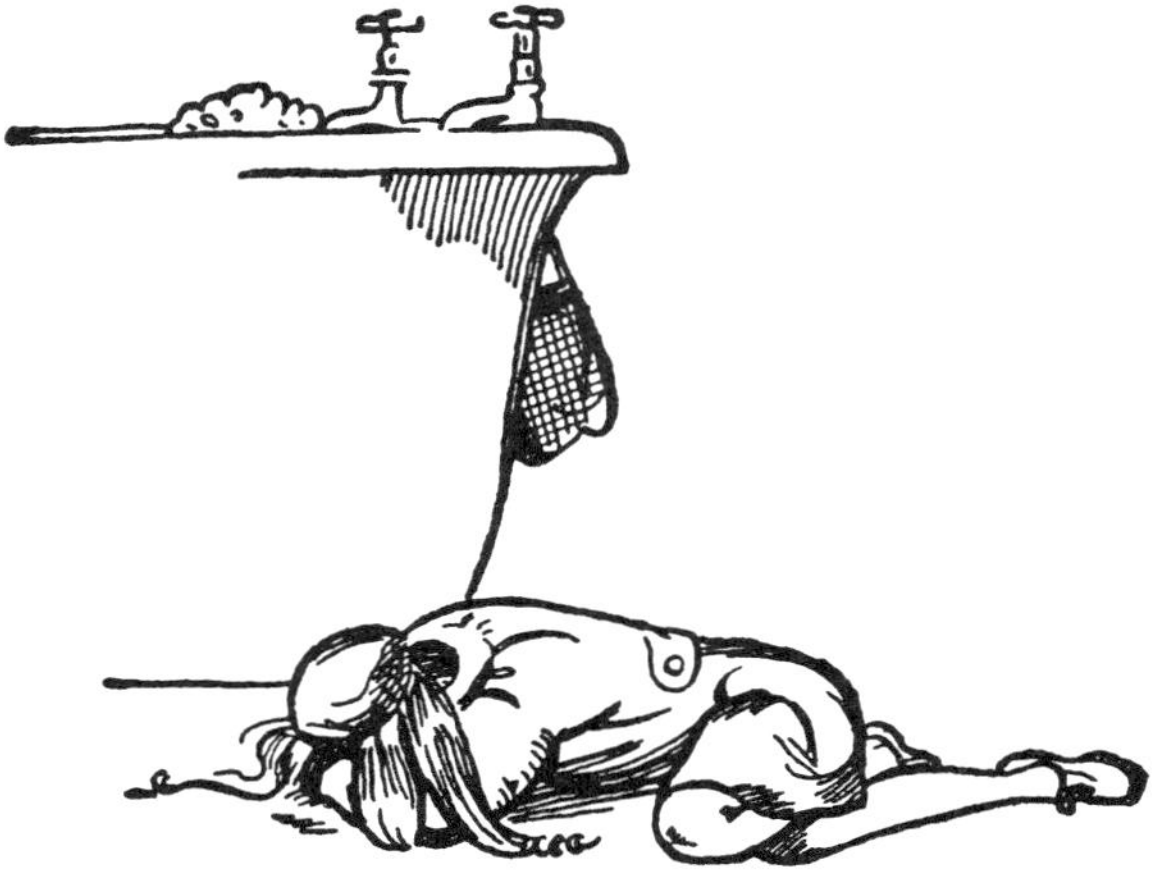

て、何もかもお話しなさい。いい気になっていばりちらしたあげくに、とことん思い知らされたって。そしてね、勇気をふるい起こし、気持ちを入れかえて、やり直すんですよ。どうせなら、ウィニフレッドに、アリスを演《えん》ずる機会が訪《おとず》れたことを、よろこんだらいいじゃないですか？」

しおしおと、シルヴィアの部屋に行くと、シルヴィアは、ポーリーンの話をじっと聞き、「よく話してくれたわね。ウィニフレッドにとっては、またとないチャンスじゃないでしょうかね」と、言いました。

どうせ、罰《ばつ》を受けるなら、そのために友だちにチャンスが訪《おとず》れたことを、せめてものなぐさめと思おうと、そのころにはポーリーンも、しみじみ思いさだめていたのです。

翌日《よくじつ》のマチネーのあいだ、ポーリーンは縫《ぬ》いものをひざに、楽屋の一隅《いちぐう》にすわってすごし、ウィニフレッドが部屋を出るまえに、「しっかりね」と、ささやきました。

さいごの場面の幕《まく》が上がるまえに、マネージャーのバーンズさんが戸口に立って、ポーリーンを呼《よ》びました。

「フレンチさんが、きみを呼《よ》んでおられるよ。ウィニフレッドはたいへんじょうずだったが、われわれはみんな、きみが出演《しゅつえん》しないのを、残念に思っているんだよ。明日、きみがもどったら、だれもが大よろこびすると思うよ」

フレンチ氏の事務室《じむしつ》に行って、ポーリーンは前日の自分の態度《たいど》について、心からあやまりました。

フレンチ氏は言いました。

「きみはアリスとして、これまで、たいへん、よくやってきた。役をじょうずにこなすと、俳優《はいゆう》はだれでも思いあがる。今度のようなことは、大人になるまえに経験《けいけん》し、卒業してしまったほうがいいんだよ。どんな役にしても、ほかのだれかが代われないことはないんだからね。たいせつなのは劇《げき》そのもの、作者がつたえようとしている言葉なんだから」

家に帰ってから、ポーリーンがペトロヴァとポージーに、フレンチさんが言ったことを話すと、ポージーが言いました。

「でも、あたしがおどるときには、ほかのひとには代われないわ。お客はあたしを見にくるんですもの」

ポーリーンとペトロヴァはあきれて、ポージーをやっつけました。でも、ポーリーンはひそかに、ポージーの場合は、そのとおりなのかもしれないと思ったのでした。

12　八月

『ふしぎの国のアリス』はラジオ・ドラマになって、二回に分けて放送されましたが、それをべつにすれば、ポーリーンにはその後、仕事らしい仕事がありませんでした。でも、ラジオの出演料《しゅつえんりょう》のおかげで、ペトロヴァのネックレスを抵当《ていとう》にシンプソンさんから借りた分を返すことができましたし、郵便貯金《ゆうびんちょきん》に入れる金額《きんがく》と、学院に支払《しはら》う金額を差し引いたうえで、シルヴィアに二ポンド取ってもらいました。

ポーリーンのそうした臨時収入《りんじしゅうにゅう》はまた、フォッシル三姉妹の衣服費をうるおしました。ナナはデパートでお買《か》い得《どく》の薄手《うすで》のツイードを見つけて、スプリング・コートと対《つい》の帽子《ぼうし》を三人分、こしらえることができたのです。

六月はじめ、ポーリーンは、大人の劇《げき》の第《だい》一幕《まく》に登場する少女の役に採用《さいよう》されました。三人きょうだいの末《すえ》の娘《むすめ》の役でしたが、台詞《せりふ》はほとんどなく、出番がおわるとすぐ帰宅《きたく》するせいもあって、どういう筋《すじ》の劇《げき》なのかということさえ、よくわかりませんでした。主演女優《しゅえんじょゆう》は有名な映画《えいが》スターで、ポーリーンが気に入ったらしく、さいしょの晩《ばん》、サイン入りの自分の写真とともに、大きな人形をくれました。でも、もともとフォッシル三姉妹は、どの子もお人形ごっこに関心がなく、そのみごとな人形はけっきょく、映画ファンのメイドのクララがもらって、客間《きゃくま》の炉棚《ろだな》の上にかざりました。ポーリーンたちはその人形を「シバの女王」と呼《よ》んでいたのですが、「シバの女王」は三週間ほど、棚《たな》ざらしになったあげく、ロンドン郊外《こうがい》の小児病《しょうにびょう》院《いん》に贈《おく》られたのでした。

この大人の劇《げき》のポーリーンの出演料《しゅつえんりょう》は一週につき、二ポンド十シリングで、シルヴィアはそのうち、一ポンドを郵便貯金《ゆうびんちょきん》に入れ、五シリングを学院に支払《しはら》い、自分は十五シリングしか、受け取りませんでした。それで十シリングが衣服費に回されて、ナナは通学用の服を三人分、新調《しんちょう》することができました。さらにありがたいことに、のこりがおこづかいとして三人にわたされたのです。本人のポーリーンは六ペンス、ペトロヴァとポージーはそれぞれ三ペンス。

ポーリーンは出演料《しゅつえんりょう》がそれなりに一家に役立ったのを、うれしく思いはしましたが、その劇《げき》には無関心《むかんしん》で、千秋楽《せんしゅうらく》がきたときには、つくづくホッとしました。市議会の方針《ほうしん》で、出演《しゅつえん》ちゅうも空き時間があれば、学院の授業《じゅぎょう》に出席しなければなりませんでした。

ペトロヴァも、翌年《よくとし》の八月には免許《めんきょ》を取得《しゅとく》できるはずでしたが、ポーリーンとちがって、学院の授業《じゅぎょう》にたいくつしきっていました。家でも毎日、ミス・デーンの指導《しどう》のもとにダンスの練習を三十分ずつ二回やらされ、学院の正規《せいき》の授業《じゅぎょう》で週五時間。さらに土曜日の午前ちゅうに二時間、午後は午後で、朗読法《ろうどくほう》のレッスンといった具合《ぐあい》でした。おかげで、あるていど、おどれるようにはなっていましたが、不満が表情《ひょうじょう》にあらわれるのでしょう、いつ見ても不機嫌《ふきげん》なふくれっ面《つら》をしていました。

　ポーリーンのチャーミングな容貌《ようぼう》とも、ポージーの小づくりの、かわいらしい顔とも大ちがいではありましたが、ペトロヴァの顔は内に秘《ひ》めているものを思わせる、一種ふしぎな魅力《みりょく》をたたえていました。ペトロヴァのゆううつな気分を理解しているのは家じゅうで、シンプソンさん夫妻《ふさい》だけでした。ペトロヴァは練習せずにすむ日曜日を楽しみに、毎日を送りむかえしているよ

うなものでした。日曜日、教会の礼拝《れいはい》に出席したあと、ペトロヴァはいつもシンプソンさんの整備場《せいびじょう》に直行し、着くとすぐデニムの仕事着に着がえます。シンプソンさんの整備場では、日曜日は急を要する仕事しかしないたてまえでしたが、顔なじみになった年配《ねんぱい》の修理工《しゅうりこう》が、ペトロヴァの手に負《お》えそうな仕事を取っておいてくれました。

ペトロヴァは日曜日の午前ちゅう、ランチを食べに家にもどる、ぎりぎりの時間まで働き、午後も、ときによると、お茶の時間まで働きます。お茶の時間がくると、シンプソンさんが通りの向こうのライオンズ・カフェに連れていってくれます。ごくたまにですが、車でいっしょに遠出をすることもありました。

そうしたドライブは、シンプソンさんとペトロヴァの二人だけの秘密《ひみつ》でした。とくに楽しいのは民間の飛行場に行くときでした。飛行機《ひこうき》の離着陸《りちゃくりく》を見守るだけでなく、じっさいに空をとぶこともあったのです。ときたま、自動車やオートバイのレースに連れていってもらいましたが、ペトロヴァがそれこそ天にものぼる心地《ここち》になるのは、飛行機に乗って空をとぶときでした。操縦《そうじゅう》することはもちろん、ゆるされませんでしたが、免許《めんきょ》が取れるときに備《そな》えて、ひそかに勉強しはじめていました。

郵便はがき

料金受取人払郵便

銀座局
承認

4146

差出有効期間
平成31年6月
30日まで

104-8790

628

東京都中央区銀座4－5－1

教文館出版部 行

◉裏面にご住所・ご氏名等ご記入の上ご投函いただければ、キリスト教書関連書籍等のご案内をさしあげます。なお、お預かりした個人情報は共同事業者である「(財)キリスト教文書センター」と共同で管理いたします。

●今回お買い上げいただいた本の書名をご記入下さい。

書名

●この本を何でお知りになりましたか

1. 新聞広告（　　）　2. 雑誌広告（　　）　3. 書　評（　　）
4. 書店で見て　5. 友人にすすめられて　6. その他

●ご購読ありがとうございます。
本書についてのご意見、ご感想、その他をお聞かせ下さい。
図書目録ご入用の場合はご請求下さい（要　不要）

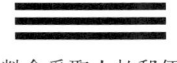

教文館発行図書　購読申込書

下記の図書の購入を申し込みます

書　　　　　　　名	定価（税込）	申込部数
		部
		部
		部
		部
		部

●ご注文はなるべく書店をご指定下さい。必要事項をご記入のうえ、ご投函下さい。
●お近くに書店のない場合は小社指定の書店へお客様を紹介するか、小社から直送いたします。
●ハガキのこの面はそのまま取次・書店様への注文書として使用させていただきます。
●DM、Eメール等でのご案内を望まれない方は、右の四角にチェックを入れて下さい。□

ご氏名　　　　　　　　歳	ご職業

（〒　　　　　　　）
ご住所

電　話
●書店よりの連絡のため忘れず記載して下さい。

メールアドレス
（新刊のご案内をさしあげます）

書店様へお願い　上記のお客様のご注文によるものです。
着荷次第お客様宛にご連絡下さいますようお願いします。

ご指定書店名	取次・番線	
住　所		（ここは小社で記入します）

ポージーは、マダムのダンスのクラスのためにだけ、生きているようなものでした。もともと勉強は大の苦手《にがて》で、足を使わないと、何も覚えられないのも、こまったことでした。ポージーが九歳《さい》になる前の秋学期、マダムはシルヴィアを学院に招《まね》いて話し合い、その後、ポージーは学院で半日だけ、語学の勉強をすることになりました。フランス語はマダム・ムーランについて習い、スペイン語とロシア語はマダムに教わっていました。バレエはもっぱら、マダムに教わっていたのですが、ポージーがどのていど、おどれるのか、知っている者はいませんでした。

学院に入学していらい、ポージーはいつになったら、母親の形見《かたみ》のバレエ・シューズがはけるようになるのかと、毎学期、足の寸法《すんぽう》を計っていましたが、あるとき、ちょうどぴったりになったのです。でも大事にして、その後もめったにはかないので、靴《くつ》がいたまないうちに、足のほうが大きくなってしまいました。マダムはポージーの気持ちを察《さっ》して、前面がガラスのケースをつくらせ、壁《かべ》にかけてかざることにしました。

そんなふうに、ポージーはマダムのとくべつな生徒でしたが、ねたまれるどころか、だれからも愛《あい》されていました。だれもがポージーについて、いずれ、すばらしいバレリーナになることと信じていました。おりおり、生徒たちはポージーに、「ポージー、おどって見せてよ。マダムにどんなこと、教わっているの？」と、言いました。でもポージーが見せるのは、自分にどんなことができるかではなく、いろいろな先生や生徒のおどりかたの真似《まね》で、どの場合も、あきれるほど、特徴《とくちょう》をとらえていて、だれもが笑いこげるのでした。

その年のクリスマス、ポーリーンはふたたび、『ふしぎの国のアリス』として舞台《ぶたい》に立ちましたが、幕間《まくあい》に肩《かた》かけをするのをわすれたことは一度もありませんでした。

その後しばらく、ポーリーンは仕事にありつけず、シルヴィアの苦労がわかるので、ゆううつでした。ガムののこしたお金はどうやら、ほとんどなくなってしまったようで、ポーリーンの収入《しゅうにゅう》がたよりらしかったのです。

ミス・ジェイに事情《じじょう》を話すと、なんとか、考えてみようと言ってくれたのですが、たまたまそのシーズンは、子役が登場するだしものがほとんどなく、学院の生徒も多くはダンサーとして地方の巡業《じゅんぎょう》に出かけていました。

ポーリーンはナナと話し合いました。長女なのだから自分が何とかしなくてはとあせっていたのです。

それはちょっとなさけない夏でした。前の年から持ちこした子どもたちの夏服はどれも丈《たけ》がみじかすぎたり、胴《どう》まわりがきゅうくつだったりで、新調《しんちょう》しなければならないのは明らかなのですが、衣服費にまわすお金がないのです。そのうちにジェークスさんが黄疸《おうだん》にかかり、スミスさんといっしょにロンドンをはなれました。留守《るす》のあいだも、下宿代ははらってくれましたが、食費からの利益《りえき》が入らないので、これはシルヴィアにとって、たいへんな痛手《いたで》でした。子どもたちの勉強も中止となり、ポーリーンは、ジェークスさんたちの留守《るす》ちゅうに何かの役がついたらどうしようと、心配でたまりませんでした。市議会の規則《きそく》では、児童はすべて、責任ある教師《きょうし》の指導《しどう》のもとに勉強することが前提《ぜんてい》となっているのですから。

ペトロヴァの誕生日《たんじょうび》、シンプソンさんは整備場《せいびじょう》を閉《し》めて、家じゅうの者をピクニックに招待《しょうたい》してくれました。ジェークスさんたちは転地先《てんちさき》からまだもどっておらず、ミス・デーンも留守《るす》、クララも休みを取っていましたが、シルヴィア、ナナ、コックは子どもたちとともに大よろこびで招待《しょうたい》におうじました。

それはすばらしい誕生《たんじょう》パーティーでした。シンプソンさんの車のほかに自動車をもう一台借りて、ケント州ウェストラム郊外《こうがい》の森に家じゅうでくりだしたのです。シンプソンさんのおくさんが高級食料品店フォートナム・アンド・メーソンで仕入れた、すばらしくおいしい昼食をならべてくれ、松葉の散りしくひろい大地の上に、思いおもいの姿勢《しせい》ですわったり、ねそべったり。木々の枝《えだ》のあいだからさす日光を浴びて、シルヴィアさえもいっとき、お金の心配を

わすれたほどでした。松葉の香《かお》りがあたりにただよっていました。

ポージーがふと立ち上がって、上着とサンダルをぬぎ、つぎつぎに家じゅうのひとのくせや特徴《とくちょう》をたくみにとらえて、ひとしきり、おどってみせました。お菓子《かし》をこしらえているコック、子どもたちに勉強を教えているシルヴィア、アイロンかけをしているナナ、車を修理《しゅうり》しているシンプソンさん、教会に行くミセス・シンプソン、舞台《ぶたい》で主役を演《えん》じているポーリーン、服を着がえながら窓《まど》の外の大空をとぶ飛行機《ひこうき》に見とれているペトロヴァ。みんなが大笑いして、ついにはなみだが頬《ほほ》をつたい、「もうやめて、おねがい！」と、ポージーにたのむ始末《しまつ》でした。

コックは、チャップリンいらい、こんなに笑ったことはないと言い、ナナはポージーがバレリーナにならず、ミュージック・ホールに出たら、たちまち、人気をさらうだろうと残念がり、シンプソンさんは、「きみは手きびしいおチビさんだね」と言いました。

しばらくして、ポーリーンはペトロヴァとポージーを少しはなれた木かげにさそいました。ペトロヴァの誕生日《たんじょうび》なので、あの誓《ちか》いの言葉をとなえようと思ったのでした。

「あのねえ、誓《ちか》いの言葉にもう少しつけ加えたいのよ」と、ポーリーンは言いました。「ガーニーを手伝ってって、入れたいんだけど」

三人で話し合ったすえに、ポーリーンが右手を上げて言いました。

「われら三人のフォッシル姉妹は、歴史の教科書にフォッシルの名がのるように、努力することを誓《ちか》う。フォッシルはわれら三人だけの名前であり、お父さんとか、お祖父《じい》さんのおかげだなんて、だれにも言わせないのである。われらはまた、ガムが帰ってくるまで、ガーニーを助けて、お金をかせぐことを誓《ちか》う。アーメン」

ペトロヴァとポージーはちょっとびっくりしたような顔をしましたが、すぐ同じように右手を上げて、「われら、誓《ちか》う」と、言いました。それから、ペトロヴァが言ったのです。

「アーメンなんて、教会でおいのりしてるみたいじゃないの？　どうしてアーメンって言ったの、ポーリーン？」

「ひとりでに口から出ちゃったのよ。あんまり、お金がほしいものだから、つい、おいのりしてる気分になっちゃったみたい」

「かまわないわよ、アーメンって言ったって」と、ペトロヴァが言いました。「ねえ、かくれんぼしましょうよ、お茶の時間まで」

お茶も、その日にふさわしい、このうえなくすばらしいひとときでした。ペトロヴァはミセス・シンプソンが用意したバースデー・ケーキにうっとり見とれました。十二本のろうそくが立ち、ピンクと白の砂糖衣《さとうごろも》がかかっている、ごうせいなケーキでした。ミセス・シンプソンが、「ここからナイフを入れてごらんなさい」と、言ったので、ペトロヴァがおそるおそるナイフを入れて切り取ったさいしょのひと切れのなかにキラッと光るものがありました。なんと、半ポンドの金貨《きんか》でした。シンプソンさんが、「金貨《きんか》はね、銀行に持って行くと、額面《がくめん》いじょうのお金がもらえるんだよ」と、言いました。

コックがクラッカーをわたしてくれました。クラッカーをひっぱり合ったり、出てきた花火に火をつけたり、ひとしきり大さわぎして、ピクニックの幕《まく》はにぎやかに閉《と》じられました。さいごの花火は小さな銀色の球形のもので、火をつけると、くねくねした銀色のヘビが現《あら》われ、だれもがびっくりして、キャーキャー声を上げました。

家に帰ると、ペトロヴァ宛《あ》てに手紙が二通、シルヴィア宛てに一通、とどいていました。ペトロヴァ宛《あ》ての一通は二人の博士さんからで十シリング、もう一通はミス・デーンからで五シリングの小為替《こがわせ》入りでした。

シルヴィア宛《あ》ての一通は学院からでした。

「九月に、ある劇場《げきじょう》でシェークスピアの『真夏《まなつ》の夜《よ》の夢《ゆめ》』が上演《じょうえん》されます。劇《げき》ちゅうのマメの花役のオーディションに、ポーリーンが参加することを希望しています。べつに妖精《ようせい》の群《ぐん》舞《ぶ》のオーディションがあるので、ペトロヴァもいっしょに行ってはいかがでしょうか？」

その夜、ベッドに入ってから、ポーリーンが言いました。

「お金をかせごうって、誓《ちか》いにつけ加えたのと、学院からのあの手紙と関係があると思う？」

「どうしてよ？」と、ペトロヴァが言いました。「あの手紙は、あたしたちが誓《ちか》いを立てる、ずっと前に書かれたものなのよ」

ポージーがベッドの上でひざをだいて、言いました。

「関係あるのかもよ。魔法《まほう》ってね、何が、いつ起こるか、見当《けんとう》もつかないところが、魔法なんじゃない？」

13 ペトロヴァとやりくり

八月のうちに、二人の子どもがオーディションを受けるとなると、着るものをどうしたらいいのか、これは大問題でした。木綿《もめん》の服はだめだと、ポーリーンも、ペトロヴァも、言いました。

「だったら、シルクの練習着でも着て行くんですね」と、ナナがふきげんな声でつぶやきました。新調《しんちょう》の服が買えないのが、つくづくなさけなかったのです。

「ねえ、ナナ、あたしの誕生祝《たんじょういわ》いにもらったお金で、オーガンディーを買って、ポーリーンとあたしのドレスがつくれないかしら?」と、ペトロヴァがききました。

「いくらくらい、出せるんですか?」

ペトロヴァは、二枚の小為替《こがわせ》をテーブルの上におきました。小為替は合わせて十五シリングになります。そのほか、シンプソンさんからの十シリング金貨《きんか》がありました。

ナナは紙と鉛筆《えんぴつ》を取り出しました。

「質《しつ》のいいオーガンディーは、一ヤード（91・4センチ）が二シリング十一ペンスってところでしょうね。品のわるくない、あっさりした型《かた》のドレスには一着につき、四ヤード半は必要でしょう。二人分で九ヤードとして、一ポンド六シリング三ペンスあれば、何とかなるんですがね」

ポーリーンとペトロヴァはほっとしたように、ため息《いき》をつきました。

「早まっちゃいけませんよ。スリップもつくらなきゃなりませんからね。でも、まあ、足りない分のお金は、わたしの貯金から出しておきましょう。ポーリーン、あなたが劇場《げきじょう》からもらう分から、いずれ、返してくださいね。でも、ペトロヴァに立《た》て替《か》えてもらった分を、まっさきにお返しなさいよ」

日にちがせまっているので、ナナは時をうつさず、布地を買いに行き、もどるとすぐ裁断《さいだん》しました。シンプソンさんのおくさんとシルヴィアとコックが臨時《りんじ》の縫《ぬ》い子《こ》になりました。

こんなふうに、家じゅうが協力して出来上がったドレスはさいわい、ポーリーンにも、ペトロヴァにも、たいへんよく似合《にあ》い、縫《ぬ》い子《こ》たちはホーッと満足のため息《いき》をついたのです。

シンプソンさんが二人とナナを、オーディションの会場の劇場《げきじょう》まで、自動車で送ってくれました。学院の生徒が何人もきていましたが、マメの花のオーディションを受ける学院の生徒は、ポーリーンひとりのようでした。

オーディションは合唱の部からはじまったので、劇《げき》の配役のテストを受けにきた学院の生徒たちは、少し待たされることになりました。

とつぜん、「ポーリーン・フォッシルはきていますか?」という声が聞こえました。

ポーリーンはびっくりして、「はい」と答えて、フットライトのほうに走りよりました。客席の前列に、フレンチさんがすわっているのが見えました。

「マメの花のせりふ、暗誦《あんしょう》しましょうか?」と、ポーリーンは言いました。

フレンチさんは首をふって、「いや、席にもどっていいよ」と、言い、「この子はもういいですね?」と、まわりのひとたちに言いました。

ポーリーンは、だまってひきさがる気になれませんでした。どうしても、マメの花に選ばれたかったのです。新しい服の代金だけでも、かせがなくてはと、えんりょがちに、「あのう、あたし、マメの花の役、やれると思います。暗誦《あんしょう》、聞いてくださいませんか?」と、言いました。

聞きおぼえのある笑い声が聞こえたので、顔をあげると、おどろいたことに、前列にマダムがすわっていました。ポーリーンは学院でするように、えしゃくしました。

フレンチさんが、「暗誦《あんしょう》するように言わなかったのはね、ここにいる者がほとんどみんな、きみを知っていて、マメの花にぴったりだと思っているからなんだよ」と、言いました。

オーディションはそのまま続き、さまざまな役がきまりました。

「カラシの種子《たね》の役のためにきた子は、まえに出てきてください」という声がかかったとき、ポーリーンはハッとして、フレンチさんの服のそでをそっとひっぱって、ささやきました。

「あたしの妹がきているんです。カラシの種子《たね》にぴったりだと思うんですけど」

「カラシの種子《たね》には、濃《こ》い色の髪《かみ》の子をと考えているんだがね」

「ペトロヴァの髪《かみ》、濃《こ》い茶色です」

ペトロヴァは劇場《げきじょう》の天井を見上げながら、中国への新しい航空路《こうくうろ》にとびたつ飛行機《ひこうき》の姿《すがた》を思い描《えが》いていたのですが、とつぜん、ナナが腕《うで》をひっぱりました。

「あなたの名前を呼《よ》んでいますよ」

「何なのよ？」

「行けば、わかりますよ」

まわりの人たちの注目を浴びて、フットライトのところまで歩いて行くのは、とてもきまりがわるく、足がきゅうにふくれあがったような気がして、つくづくなさけない気持ちでした。マダムの前でえしゃくすると、「何か、暗誦《あんしょう》をして、聞かせてくださいな」と、言われました。

ペトロヴァがオーディションのために用意したのは、『ヘンリー五世』の第《だい》三幕第《まくだい》二場《ば》の少年の台詞《せりふ》でした。ペトロヴァは両足を少し開き、両手を飾《かざ》り帯《おび》にかけて、「おれはまだ年はいかないが、この三人のからいばりやの態度《たいど》を、とっくり観察《かんさつ》してきた」と、暗誦《あんしょう》しはじめました。でもニムについてのくだりで台詞《せりふ》が出てこず、必死でまわりを見まわしました。

そのとたん、ポーリーンが助け舟を出してくれたのです。ポーリーンはペトロヴァの左耳の近くの席にすべりこみ、「ニムは、口数は少ないほど、いいと聞いて……」と、ささやきました。

ペトロヴァはそのおかげで、のこりの台詞《せりふ》を思い出したばかりでなく、それまでより、ずっとじょうずに暗誦《あんしょう》をおえることができたのでした。

暗誦《あんしょう》がおわっても、まだその場に立っていたペトロヴァの手を、ポーリーンがぐいぐいひっぱりました。

「うまく行ったわ！　二人とも、役をもらえたのよ！　あたしはマメの花、あなたはカラシの種子《たね》よ！」

しばらくすると、葉巻《はまき》をくわえた男のひとがフットライトのところに近づいて、「用事があって、これから出かけなければなりません。まだテストがすんでいないひとは明日の同じ時間に、もう一度、きてください」と、言いました。

ポーリーンとペトロヴァが帰ろうとしたとき、ドアがパッと開いて、ウィニフレッドがとびこんできました。

「あたし、おくれちゃったかしら？　カラシの種子《たね》のオーディションにきたんだけど。昨日までキャンヴィー島に行っていて、母さんの手紙をけさ、受け取ったのよ」

ポーリーンとペトロヴァは顔を見合わせ、それからフットライトのところに駆《か》けつけました。でも、マネージャーたちはすでにひとりのこらず、姿《すがた》を消していたのです。

二人はすごすごと、ウィニフレッドのところにもどりました。

「ごめんなさいね。カラシの種子《たね》の役、あたしがもらっちゃったの。マネージャーたちはみんな、もう帰ってしまって……」

ウィニフレッドは一瞬《いっしゅん》、くちびるをかみしめましたが、すぐ、頭をふりあげて言いました。

「いいのよ、ペトロヴァ、ほかのだれかが、カラシの種子《たね》になるんだったら、あなたでよかったわ」

ナナがその手を、やさしくたたきました。

「よく言ってくれましたね、ウィニフレッド、あなたが明日のオーディションにこられるように、わたしたちが手配しましょう。それまでに、わたし、ポーリーンの服にアイロンをかけて、貸《か》してあげますよ」

ナナは劇場《げきじょう》を出るときに、ポーリーンの耳にそっとささやいたのです。

「あなたの服、ウィニフレッドに貸《か》してあげてくださいね。あのなりじゃあ、妖精《ようせい》に選ばれっこありませんからね。小鬼《こおに》がはねまわるダンスならとにかく」

14 『真夏《まなつ》の夜《よ》の夢《ゆめ》』

『真夏《まなつ》の夜《よ》の夢《ゆめ》』は、はじめからおしまいまで、めざましいアイディアがたくさんつまった、大がかりの凝《こ》った舞台《ぶたい》で、衣装《いしょう》も、劇場《げきじょう》の衣装部でなく、名高いデザイナーとドレスメーカーが製作《せいさく》にあたるという豪華《ごうか》さでした。

ポーリーンは、妖精《ようせい》にふさわしい、夢《ゆめ》のようにうつくしい衣装《いしょう》が着られると期待していたのですが、当てがはずれました。ポーリーンも、ペトロヴァも、体にぴったりはりついたようなタイツ姿《すがた》で登場することになっていて、ポーリーンのタイツはクリーム色、ペトロヴァのそれはカラシ色でした。靴《くつ》がまた風変りでした。つまさきが反《そ》りかえっていて、色はやはりカラシ色、そのうえ、おそろしく歩きにくいのです。さいわい、歩く場面はなさそうでした。帽《ぼう》子《し》もひどく変わった形で、そのうえ、シルク製《せい》の翼《つばさ》を肩《かた》と手首に結びつけることになっていました。

仮縫《かりぬ》いに二人を連れていったナナはひと目見て、「これが妖精《ようせい》の衣装《いしょう》ですかねえ」と、あきれたように言いました。

「現代ふうの妖精《ようせい》ですからね」というのが、衣装係《いしょうがかり》の返事でした。

「へえ……妖精《ようせい》はやっぱし、昔ふうのほうがいいと、わたしは思いますけど」と、ナナはしみじみ言ったのです。

『真夏《まなつ》の夜《よ》の夢《ゆめ》』には、いろいろな顔ぶれが出演《しゅつえん》しました。ダンサーは百人以上。女王ヒポリタにしたがう、勇ましい女性兵士《じょせいへいし》が八十人。シシュース公の家来《けらい》が五十人。

その他おおぜいでない、役付きの出演者《しゅつえんしゃ》は、それだけに重要視《じゅうようし》されていました。ポーリーンも、ペトロヴァも、いちおう役付きでしたが、ペトロヴァはそれをうれしく思うどころか、こんな公演《こうえん》、早くおわればいいと、ただただやきもきしていました。

さいしょのリハーサルのときに、プロデューサーが妖精《ようせい》たちに言いました。

「いいかい、マメの花、クモの糸、蛾《が》の精《せい》、カラシの種子《たね》、きみたち妖精《ようせい》には、いつもまったく同じ調子で、受け答えしてもらいたいんだよ。わかるね？」

プロデューサーが求めている調子というのは、ふつうの言いまわしの場合と微妙《びみょう》にちがっていました。ポーリーンでさえ、「ここにおります」を何回も言わされました。クモの糸役の子は四回、蛾《が》の役の子は一回でパスしました。

ペトロヴァはみんなの言いまわしや、プロデューサーの念おしを聞いているうちに、なにが何だか、わからなくなってしまいました。それで、一回目はクマのように低くうなり、二回目はとんでもなく甲高《かんだか》い声で「ハイ」とさけんだので、プロデューサーをのぞいて、みんながドッと笑いくずれました。

プロデューサーは笑うどころか、冷ややかな声で、「ふざけている場合じゃないんだよ。ちゃんと言ってくれなきゃ」と、言いました。

ペトロヴァは頬《ほほ》を赤らめました。ふざけているなんて！　でも、三回目の「はい、ここに」は、まるで一本調子でした。

プロデューサーはいらだって、足先で床《ゆか》をトントンふみ鳴らしました。

「こんなことにつぶす時間はないんだよ。この役をやれる子は、ほかにいくらでもいるんだから」

客席にすわっていた、その他おおぜいの妖精《ようせい》たちが、「いつでも代わりますよ」と言わんばかりに、身じろぎをしました。

「ハイ、ここに！」と、ペトロヴァは死《し》にもの狂《ぐる》いで言いましたが、何てことでしょう、プロデューサーが求めているのとはまるでぎゃくの抑揚《よくよう》で、「ハイ」がキンキン声、「ここに」がうめき声のようにひびいたのです。

そんなペトロヴァをプロデューサーは一瞬《いっしゅん》、きびしい目つきで見下ろしましたが、つぎの瞬間《しゅんかん》、頭をのけぞらせて、「ワッハッハッハ！」と、大笑いしました。つりこまれて、まわりのみんながドッと笑いだし、その場の緊張《きんちょう》はあとかたもなく消えていました。

「おかしな子だね、きみは」と、プロデューサーはペトロヴァの頭に手をおいて、髪《かみ》の毛《け》をくしゃくしゃにしました。それからポーリーンを見やって、「きみたちは、きょうだいだったね？　家に帰ったら、この子が台詞《せりふ》をちゃんと言えるようになるまで、練習させなさい」と、言いつけて、ペトロヴァに視線《しせん》をもどし、「だいじょうぶ、うまく言えるようになるさ」と、はげますように言ったのでした。

むずかしい言いまわしが身につくようにしてくれたのは、黄疸《おうだん》が全快《ぜんかい》して帰ってきたジェークスさんでした。ジェークスさんはペトロヴァが台詞《せりふ》をちゃんと言えるように指導《しどう》してくれただけでなく、ナナに代わって、二人につきそって劇場《げきじょう》に通ってくれました。シェークスピア劇《げき》のリハーサルが見られるなんて、学者先生にとっても、めったにめぐってこない、貴重《きちょう》なチャンスだったのです。

「女優《じょゆう》は最後の瞬間《しゅんかん》まで、学ぶことができる」という言葉を、マダム・ムーランがくりかえす必要はありませんでした。ポーリーンは、ほかのひとの演技《えんぎ》を見守ることから多くを学べるということをさとったばかりでなく、プロデューサーがなぜ、ある注意をあたえるのか、その考えの筋道《すじみち》をたどることができるようにさえ、なっていました。タイミングというものもよく理解しており、だれかが台詞《せりふ》を早く言いすぎたり、間《ま》の取りかたをまちがえたりしたときにも、すぐそれと気づきました。とくに、プロデューサーがよく口にする「ペース」という言葉の意味がおぼろげにしろ、わかりかけていたのは、すばらしい収穫《しゅうかく》でした。

ペトロヴァのほうは、演技《えんぎ》になど、まるで関心がなく、出番がないときは、片隅《かたすみ》にすわって、飛行機《ひこうき》についてのハンドブックに読みふけっていました。

そんなある日、オベロン、タイターニア、パック、そのほか、数人の妖精《ようせい》たちが空中を浮遊《ふゆう》する場面の下稽古《したげいこ》が始まりました。空中浮遊に用いられる装置《そうち》は、上方の突《つ》き出《だ》しに陣取《じんど》っている道具係の動かす、小さな移動滑車《いどうかっしゃ》でした。

その場面に出演《しゅつえん》する妖精《ようせい》たちは、針金《はりがね》で固定された、小ぶりのハーネス（胴輪《どうわ》）を身につけて、一定の場所から、べつの場所に空中飛行するわけで、上方の移動滑車《いどうかっしゃ》に取りつけられた装《そう》

置《ち》の角度によって方向が決まるのでした。滑車《かっしゃ》は自由自在《じゆうじざい》に動きますから、あらゆる方向に飛ぶことができるわけですが、じっさいには、前もって決められた場所から、これまた決められた場所へと飛ぶことになるのでした。

学院出身の妖精《ようせい》たちは、日ごろから、きびしい訓練を受けていますから、たちまちのうちに優雅《ゆうが》に空中を遊泳《ゆうえい》するこつを身につけましたが、大人の俳優《はいゆう》たちにとっては、これはひと苦労のようでした。オベロン役の俳優《はいゆう》は、演技者《えんぎしゃ》としてはたいそうすぐれているのですが、飛行ちゅうは器用に体を動かすことができず、妖精《ようせい》の王さまというよりは、クレーンでつるされているジャガイモの袋《ふくろ》のようでした。タイターニアの腕《うで》の動かしかたも、女王らしい優雅《ゆうが》さが欠けていて、どうにもぎごちなく、妖精《ようせい》パックも、ふきだしたくなるほど、こっけいに見えました。

そんなふうで、空中飛行の場面のリハーサルはまるでゲ

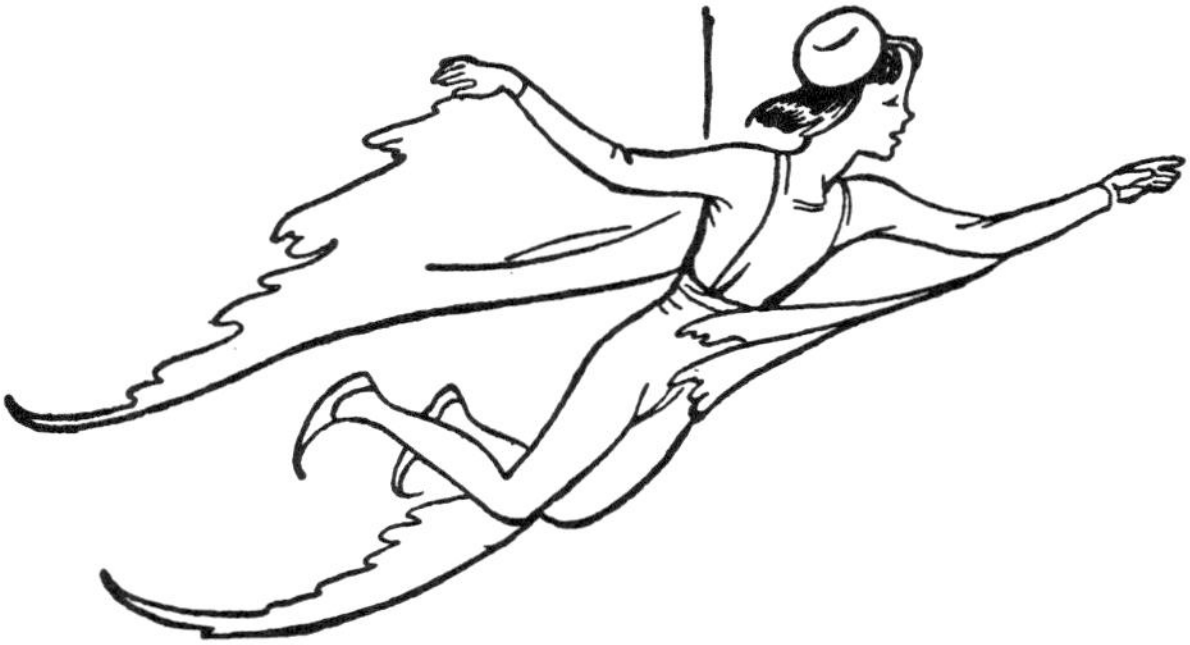

ームのようで、みんなで、おなかをかかえて笑ってしまうことがしばしばだったのです。

ある日、ペトロヴァは、ステージに立つことについての認可《にんか》に必要な検査《けんさ》をうけるために、出生証明書《しゅっしょうしょうめいしょ》と写真二枚を持って、シルヴィアと州庁に出かけました。認可《にんか》の期限《きげん》の切れているポーリーンもいっしょでした。

やがて『真夏《まなつ》の夜《よ》の夢《ゆめ》』のドレス・リハーサルの日がきました。本番のとおりに、衣装《いしょう》をつけてのリハーサルで、ポーリーンとペトロヴァは、シルヴィアとジェークスさんとスミスさん、それにポージーを招待《しょうたい》しました。

それは、招待客《しょうたいきゃく》がこぞって感嘆《かんたん》するような、すばらしいドレス・リハーサルでした。演出《えんしゅつ》が凝《こ》っているので、故《こ》障《しょう》や失敗が起こる可能性《かのうせい》は大ありだったのに、メンデルスゾーンの序曲《じょきょく》から、パックの結びの言葉、「お気《き》に召《め》しましたら、お手を拝借《はいしゃく》」まで、ほとんどすべてが申し分なく運び、このうえなくうつくしかったのです。

ジェークスさんとスミスさんは大満足でしたし、シルヴィアも我《われ》をわすれてうっとり見とれました。ポージーはいつもバレエの場面にしか、関心がないのですが、プリマ・バレリーナから、目がはなせませんでした。

ポーリーンにとって、それは、端役《はやく》ではあっても、本格的《ほんかくてき》なお芝居《しばい》に参加したさいしょの経《けい》験《けん》でしたから、興奮《こうふん》のあまり、なかば夢心地《ゆめごこち》ですごしたようでいて、つよい感銘《かんめい》を受けていました。

地下鉄で家に帰るとちゅう、ポーリーンはポージーに、どうだったかと感想を求めたのですが、ポージーの関心はプリマ・バレリーナの出来栄《できば》えにしかないようでした。

「どう、けっこう楽しかったじゃない?」と、ポーリーンはペトロヴァに言いました。

「そうねえ、まあ……」と、いうのがペトロヴァの少々気のない反応《はんのう》だったのです。

15　ポーリーン、十四歳《さい》になる

『真夏《まなつ》の夜《よ》の夢《ゆめ》』は予想どおりヒットし、クリスマスの季節に入っても大入《おおい》り満員の大盛況《だいせいきょう》でした。

そのおかげで、ポーリーンとペトロヴァには毎週、二ポンドずつの給料が支給《しきゅう》されましたが、クリスマスの休暇《きゅうか》ちゅうの臨時《りんじ》のマチネーはとくに八割増《わりま》しで、一回のマチネーについて週五シリング余分《よぶん》の収入《しゅうにゅう》があり、給料は合計、週三ポンドにはね上がったのです。

それまではめいめい、一ポンドを郵便貯金《ゆうびんちょきん》に入れ、四シリングを学院におさめて、十シリングを家計のためにシルヴィアにわたし、週六シリングずつが衣服代とおこづかいにのこる勘定《かんじょう》でしたが、マチネー分は思いがけないボーナスでした。

「ねえ、ナナ」と、ポーリーンが言いました。「ガーニーにもう十シリング上げて、五シリングを衣服費にあてて、のこりをあたしたちがもらうってことにしちゃいけないかしら？　あたしとペトロヴァの分を合わせると、六シリングのこるのよ。三人が毎週、おこづかいとして二シリングずつ、もらえると、すごくありがたいんだけど」

ナナは残念そうに、首をふりました。

「靴《くつ》だの、服だの、新調《しんちょう》しなきゃならないものが、やたらありますからねえ……。おこづかいの二シリングを、何につかいたいんですか？」

「あたし、劇場《げきじょう》に行きたいの。大人のすぐれた俳優《はいゆう》が出演《しゅつえん》するお芝居《しばい》が見たいのよ。毎週一回、マチネーに行ければ、言うことないんだけど」


翌朝《よくあさ》の朝食のときに、臨時収入《りんじしゅうにゅう》のことが話題になりました。シルヴィアはおこづかいについては、ポーリーンの主張《しゅちょう》を受けいれようと思っていましたが、家計の足しにしたいという余分《よぶん》の十シリングは、将来《しょうらい》のために、貯金にまわすべきだと主張しました。

「ガーニーが十シリング取ってくださらないんだったら、あたしたちだって、おこづかいをもらう気になれないわ」と、ポーリーンが言いました。

シルヴィアはトーストを一枚取って、答えました。

「わたしとしてはね、ポーリーン、あなたたちのお給料の半分は、将来《しょうらい》にそなえて貯金してもらいたいのよ。あなたがたの貯金通帳を州庁で見せるときに、はずかしくないようにということもあるけど、あなたがたが大きくなったときに、まとまった貯金があるのがねがわしいからなの。十シリングを貯金に入れ、二シリングを学院におさめて、五シリングを衣服費にあて、二シリングずつをおこづかいにしたらいいんじゃないかしら」

「衣服費の代わりに、ガーニーが五シリング、取ってくださるとうれしいんだけど」と、ペトロヴァが言うと、シルヴィアはホーッとため息《いき》をつきました。

「衣服費はどうしても必要よ。三人とも、靴《くつ》を新調《しんちょう》しなければならないし、ポーリーンはコートがいるしね。あなたがたみんな、のびざかりなんですもの」

「とにかく、あたし、貯金はこれ以上、しないつもりよ」と、ポーリーンがきっぱり言いました。

ペトロヴァとポージーはびっくりして、ポーリーンの顔をみつめました。

「児童は、少なくとも収入の三分の一を貯蓄《ちょちく》すべしって、法律《ほうりつ》があるんですってね」と、ポーリーンはつづけました。「でも、あたし、このあいだ、十四歳《さい》になったのよ。もう児童じゃないわ。あたし、ゆうべ、ベッドで考えたの。ガーニーは今でもしょっちゅう、お金の心配をしてるじゃない？　これまであたしが郵便局《ゆうびんきょく》にいれなければならなかったお金を、家の費用や、自分たちの必要のためにつかえれば、そんなにあくせくしなくたっていいんじゃないかと思うの。おこづかいとして、あたしがもらいたいのは、週二シリングずつなの。あたし、そのお金で、おとなの出演《しゅつえん》する、おとなの劇《げき》を見に行きたいのよ」

ペトロヴァは、シルヴィアの顔を見ながら言いました。

「そうね、ポーリーンの場合はもう、郵便局《ゆうびんきょく》にあずけなくてもいいんだわ」

「おこづかいが二シリングあったら、あたしは来年の夏までためといて、コヴェント・ガーデンのバレエを見に行くわ。それだけあれば、かなり何回も行けるんじゃないかしら」と、ポーリーが言いました。

シルヴィアは立ち上がりました。

「ナナと相談してみましょう。でもね、ポーリーン、十四歳《さい》になっても、わたしはあなたの後見人《ガーディアン》なのよ。あなたのことには、わたし、今後も責任がありますからね」

シルヴィアはナナばかりでなく、二人の博士さんたちに相談し、ミス・デーンにも、声をかけたのです。

おどろいたことに、だれもが、ポーリーンの言うことはしごくもっともだと言ったのです。

それぞれ、べつな理由からだったのですが。

ミス・デーンは、ペトロヴァの場合は、貯金をすべきだろうが、ポーリーンはさきざき、演劇界《えんげきかい》で身を立てていく能力《のうりょく》があるし、貯金にたよる必要はないのではないかと言いました。

ジェークスさんとスミスさんは、自分たちはもともと、貯金をたくさんすべきだとは思っていないと言いました。「心をゆたかにするために、お金をつかうのは、たいへんけっこうなことだと思いますよ」

ナナは、ポーリーンは家計をもっと助けたいとねがっているので、その気持ちをくんで、望みどおりにさせてもいいんじゃないだろうかと言いました。

シルヴィアはみんなの助言に感謝《かんしゃ》して、ポーリーンを呼《よ》び、「あなたの思うとおりにしたらいいわ。でもわたし、これまで以上に、あなたがたにたよっているようで、何だか、つらいのよ」と、言ったのでした。

収入《しゅうにゅう》の大部分を貯金する必要がなくなったので、ポーリーンにとって、給料日は以前よりずっと楽しみになりました。それだけに、その二週間後、『真夏《まなつ》の夜《よ》の夢《ゆめ》』が今月かぎりで打ちどめになるという掲示《けいじ》を見たとき、はげしいショックを受けたのです。

ペトロヴァももちろん、がっかりしましたが、ポーリーンはひそかに何か、思いめぐらしているようでした。

帰りの地下鉄の車内で、ポーリーンはペトロヴァに、「ちょっと思いついたことがあるの」と、ささやきました。「オベロン役のひとのことなんだけど」

「ドナルド・ホートン？」

「ええ。あのひと、こんど、『リチャード三世』に主演《しゅえん》するんですって」

「それがどうかしたの？」

「ロンドン塔《とう》の二人の王子よ。『リチャード三世』には王子が二人、登場するのよ」

「あたしたちに、その王子の役がもらえないかってこと？」

「ええ。たのんでみようと思うんだけど」

「どうやって？」

「手紙を書いたら、どうかしら？」

「ふうん」と、ペトロヴァは感心したように、ポーリーンの顔をながめました。「いつ、書くつもり？」

「書くひま、あんまりないのよね。こまぎれの時間に少しずつ、書くほかないわ」

ポーリーンが苦心《くしん》して書いた手紙は、つぎのような文面でした。

ホートンさま

『リチャード三世』に主演《しゅえん》なさるそうですね。二人の王子として、あたしたちをつかってくださいませんか？　たぶん、あたしたちの名前はごぞんじないと思います。「マメの花」と「カラシの種子《たね》」です。あたしたち、劇場《げきじょう》の中のひとに手紙を書いてはいけないって言われていますので、お返事がいただけるんでしたら、さいごの幕《まく》のまえに、伝言をくださいませんか？　あたしたち、さいごの幕が上がるまえに帰ることになっているんです。

ポーリーン・フォッシル
ペトロヴァ・フォッシル

封筒《ふうとう》には、「ドナルド・ホートン殿《どの》」と上書《うわが》きしました。劇場《げきじょう》に着くと、ポーリーンはナナといっしょに先に行き、ペトロヴァは少しぐずぐずしていました。二人の姿《すがた》が消えたとき、ペトロヴァは手紙を手に、門衛《もんえい》さんのところに走って行き、ホートンさんに届《とど》けてもらえないだろうかとたのみました。門衛《もんえい》さんは二人とは顔なじみで、こころよく引き受けてくれました。

二人のさいごの出番がおわっても、ホートンさんからの返事はなく、ポーリーンも、ペトロヴァも、泣きだしたいくらい、がっかりしていました。二人がタイツをぬぎ、ガウンを着て、メーキャップを落としにかかったときでした。ドアをノックする音がしました。ナナがドアを開けて、「はい、何でしょう?」と、ききました。

「こちらは、ポーリーン・フォッシルさんとペトロヴァ・フォッシルさんの楽屋ですか?」

「そうです」

「ホートンさんからの伝言です。あちらの部屋まで、きていただきたいとのことです」

オベロンは化粧台《けしょうだい》の前にすわっていました。二人が入って行くと、ふり返って、手紙をしめしました。

「これは、きみたちがよこしたのかね?」

ポーリーンはうなずきました。

ホートンさんは笑顔で言いました。「王子の役がつとまると、どうして思ったんだね?」

「シェークスピア劇《げき》の台詞《せりふ》をどんなふうに暗誦《あんしょう》したらいいか、教わっていますから」

「ほう、どういうひとに教わっているんだね?」

「ジェークス博士に。ジェークス博士のこと、たぶん、ホートンさんはごぞんじないと思いますけど、とってもえらい学者さんで、あたしと妹に、シェークスピア劇《げき》のなかの詩の読みかたを、教えてくださっているんです」

「ふうん、シェークスピアの無韻詩《むいんし》の読みかたをねえ……。だったら、ひとつ、わたしに聞かせてくれないかな?」

メーキャップもろくに落としていない顔で、しかも、すぐれた俳優《はいゆう》の楽屋で、パックの台詞《せりふ》を暗誦《あんしょう》するのは、場ちがいもいいところだったのですが、ポーリーンはいったん、暗誦をはじめると、パックになりきっていました。つづいて、ペトロヴァが『ヘンリー五世』のうちの小僧《こぞう》の台詞《せりふ》を暗誦《あんしょう》しました。

聞きおわったとき、オベロンは二人に手をさしのべました。

「配役については、わたしの意見がすんなり通ると決まっているわけではないんだが、口添《くちぞ》えはしてあげられるかもしれない。まあ、わたしにまかせておきなさい」

16 『リチャード三世』

ペトロヴァはその夜、なかなかねむれませんでした。まんいち、皇太子《こうたいし》の弟のヨーク公の役にやとわれたらどうしようと、心配になったのです。居間《いま》の棚《たな》の上に、「シェークスピア全集」がならんでいました。ヨーク公の台詞《せりふ》、たくさんあるのかしら？　どうせ、ねむれないなら、確かめてみよう。

ペトロヴァはガウンをはおって、居間《いま》に行き、『リチャード三世』を引き出しました。第二《だい》幕第四場《まくだいば》……。

その場面を読みすすむうちに、ペトロヴァはぎょっとして、すわり直しました。

「ああ、どうしよう！」ほとんど泣き声になっていました。「こんなむずかしい役、あたしには、とてもむりだわ！」

ペトロヴァはふたたび、本を取り上げました。そして、「おばあさま、ずっと前、みんなで食事をしていたとき」ではじまる台詞《せりふ》を読みました。「聞いている者が笑いだしたくなるように」という、プロデューサーの声が聞こえるようでした。「きみはいたずらっ子なんだよ。グロスターおじさんの声色《こわいろ》をうまく真似《まね》てごらん」

ページをめくるうちに、第四幕第一場《だいまくだいば》の、皇太子《こうたいし》エドワードとヨーク公が登場する場面が出てきました。ポーリーンはだいじょうぶ、皇太子《こうたいし》らしい、威厳《いげん》のこもった声で、役にしっかりはまっているでしょう。でも、弟のヨーク公の役のほうがむずかしそうです。ヨーク公は言葉の遊びが好きで、まわりの大人たちをかたっぱしからやりこめる、いたずらっ子なのです。

読みすすむうちに、第四幕第三場《だいまくだいば》で、ティレルが王子たちの死について語っている場面にぶつかりました。

「すくなくとも、この子たち、早死《はやじ》にするみたいだけど……」と、ペトロヴァはため息《いき》をつきました。

本を棚《たな》にもどして、電気を消し、寝室《しんしつ》にもどろうとして、ふと見ると、客間《きゃくま》の明かりがついていました。そっとのぞくと、シルヴィアが机《つくえ》にむかっていました。

「まあ、ペトロヴァ、こんな夜ふけに、どうかしたの？」

ペトロヴァは、「目がさめて廊下《ろうか》に出たら、明かりが見えたの」と答えました。「ガーニーは何をやってるの？」

「計算をしていたの。ひと息《いき》入れたかったところなのよ。いっしょに、おやつをいただきましょうよ。シンプソンさんが、ミルク・ココアの缶《かん》とクッキーをくださったのよ」

真夜中のココアはおいしくて、ペトロヴァはすっかりうれしくなりました。

「あなたに、秘密《ひみつ》を打ち明けるわ。わたしね、この家を売って、アパートにひっこそうかなって考えているのよ」と、シルヴィアは言いました。

「この家を売ったら、シンプソンさんたちや博士さんたちといっしょに住めなくなりゃしない？」

「わたしだって、売りたくないのよ。でもしかたがないの。弁護士《べんごし》さんがガムの行方《ゆくえ》をさがしてくださっているんだけど、さっぱり手がかりがなくてね」

ペトロヴァは熱いココアをすすりながら、苦労にやつれたシルヴィアの顔を見上げました。

「ペトロヴァ、あなた、ほんとは、舞台《ぶたい》に立つのが重荷《おもに》なんじゃない？　ポーリーンの場合は、演劇《えんげき》の世界にすっかりはまりこんでいるみたいだし、ポージーはバレエひとすじだけれど、あなたのことが、わたし、気になってね。わたしたち、たしかに貧乏《びんぼう》よ。でもね、好きでもない仕事を、あなたにさせるほど、こまってはいないんですからね」

「十二歳《さい》の女の子に、お金もうけができる、どんな仕事がほかにあるかしら？」

「すぐには思いつかないけれどね、あなたがいやだったら、いつでも、やめていいのよ。舞《ぶ》台《たい》でなく、まったくべつな道が切りひらかれるような訓練を受けてもいいんだし」

一瞬《いっしゅん》、ペトロヴァの胸《むね》はおどりました。舞台《ぶたい》に立って台詞《せりふ》を口にする以外の仕事なら、何だっていいとさえ、思っていたのですから。でも、そんな道が切りひらかれるわけがありません。それに、いま、自分が俳優《はいゆう》としてもらっているお金は、この家にとって、ぜったいに必要です。ペトロヴァは立ち上がりました。

「ガーニーったら！　ほかのことなんて、したいわけないでしょ？」

オベロンは約束どおり、二人の王子の役について、口添《くちぞ》えをしてくれました。『真夏《まなつ》の夜《よ》の夢《ゆめ》』のプロデューサーが『リチャード三世』の演出《えんしゅつ》にあたることになっていて、ポーリーンの皇太子《こうたいし》エドワード役は、すんなり決まったようでした。

ペトロヴァが呼《よ》びだされて、事務室《じむしつ》に入って行きますと、プロデューサーはおかしそうに笑って首をふりました。

「きみにはこりているからね。おそらく今度は、『はい、ここに』のときより、もっとひどいだろうから」

「わかってるわ」と、ペトロヴァも笑いました。「ただね、あたし、仕事がほしいの。あたしたちの後見人《こうけんにん》の大おじさんが旅行先から帰ってこないもんで、何かの役につけると、とっても助かるの」

プロデューサーは、煙草《たばこ》に火をつけました。

「だったら、台詞《せりふ》のない役を上げよう。給料は王子のほど、多くないが」

「ありがとうございます。たくさんもらう値打《ねう》ち、ぜんぜんないんですもの」

二人は声を合わせて笑ったのです。

ポーリーンはおさなくして国王になるエドワード王子の役をもらって、天にものぼる心地《ここち》でした。ジェークスさんは、シェークスピア劇《げき》のなかでも、とりわけ、『リチャード三世』が好きだったので、エドワード王子について、ポーリーンに話してくれました。

「頭をしゃんと上げて登場するだけでは、王家の血筋《ちすじ》とは見えないでしょうね。王族にそなわっている威厳《いげん》というものはね、ポーリーン、よちよち歩きをするようになる前に、日ごとの訓練によって身のうち、心のうちに、植《う》えつけられているものなの。おおらかさ、他人にたいする思いやり、自分の地位の偉大《いだい》さについての、揺《ゆ》らぐことのない確信といったものも。昼も、夜も、自分をそうした人間として考えること。そうするうちに、あなたはやがて、自分の役柄《やくがら》がはっきりつかめるでしょう。あなたはもうポーリーン・フォッシルではないのよ。自分はいつの日か、イギリスの支配者《しはいしゃ》の地位につく人間だって、知っている少年なのよ。そんなにも早く、その日がこようとは思わなかったでしょうけれど、それでも自分の新しい地位を受けいれ、あらゆる場合にそれらしくふるまうことができる、とくべつな少年なんですからね」

ポーリーンにとって、リハーサルはまるで、ひとつづきの夢《ゆめ》のようでした。ポーリーンは知らず知らずのうちに、役を演《えん》じているのでなく、肌《はだ》でそれを感じとっている自分に気づきました。休憩時間《きゅうけいじかん》はできるだけ、ひとりですごし、劇場《げきじょう》でなく、一四八三年のロンドンの通りを想像し、その通りを、王でありながら、身を守るすべとてない少年として、あたりに気をくばりながらも、威厳《いげん》をうしなわずに進むエドワードに、自分を重ねていました。

このように深く役にはまりこむことによって、ポーリーンはさいしょのリハーサルのときから威厳《いげん》にあふれていたので、そのまえに立った者は、貴族も、平民も、しぜんのうちに、うやうやしく頭《こうべ》を垂《た》れました。

エドワードの衣装《いしょう》は、黒のチュニックにシルクのタイツで、首から勲章《くんしょう》を下げ、ガーター勲章《くんしょう》のリボンが片方《かたほう》のひざの上に垂《た》れていました。

ポーリーンの舞台《ぶたい》は、批評家《ひひょうか》たちの注目を集めました。一流の写真家から、写真をとらせてほしいと言われ、写真が大新聞にのりました。シルヴィアやナナは心配しましたが、ポーリーンはうぬぼれの兆《きざ》しさえ、見せませんでした。そんなものはとっくに卒業していたのです。ポーリーンが誇《ほこ》らしく思ったのは、毎週、三ポンド九シリングをシルヴィアにわたせることでした。

ペトロヴァも台詞《せりふ》のない小姓《こしょう》の役を、けっこう楽しんで演《えん》じていました。週三十シリングの給料のうち、一ポンドを郵便局《ゆうびんきょく》にあずけ、三シリングを学院におさめ、七シリングがシルヴィアにわたされました。

『リチャード三世』の公演《こうえん》は、七月までつづきました。打ちどめになる直前に、わくわくするようなことが起こりました。ポーリーンが、テストを受けるために、映画《えいが》のスタジオに行くことになったのです。

撮影所《さつえいじょ》ではメーキャップも、耳にする言葉も、舞台《ぶたい》の場合とは大ちがいでした。待っていると、「第三スタジオに行ってください。みなさん、フロアにおそろいです」という伝言がありました、フロアとはどうやら、ステージのことを指すようでした。

カメラのまえに立たされて、ちょっと気おくれを感じましたが、何がなんだかわからないうちに、テストはおわっていました。

みんなからショルスキーさんと呼《よ》ばれているひとが映画監督《えいがかんとく》なのでしょう。ポーリーンはついで、ショルスキーさんのすわっている長椅子《ながいす》の肘《ひじ》かけに腰《こし》を下ろして、これからどういう仕草《しぐさ》をしてほしいか、説明を聞きました。やがてカメラが音を立てはじめ、とつぜん、ひとりの少年が、「ポーリーン・フォッシルのテスト。監督《かんとく》、ショルスキー氏、カメラ、ルイス氏、音響《おんきょう》、バート氏。撮影開始《さつえいかいし》」と、チョークで書いた板を持って、カメラの方をむいて立ちました。「撮影開始《さつえいかいし》」という文字の前に穴《あな》が二つあいていて、1、2、3、4、5といった具合《ぐあい》に数字を記したカードがつぎつぎに落としこまれます。少年が二つの拍子木《ひょうしぎ》を打ち鳴らしてひっこむと、一瞬《いっしゅん》、間《ま》があり、ついで、ショルスキーさんが、「演技《えんぎ》、はじめ！」と、言いました。

その一場面がおわると、ショルスキーさんは楽屋までついてきて、たまたま、チャールズ二世についての映画《えいが》を企画《きかく》しており、妹役の少女をさがしているところなのだが、選ばれたときのために、チャールズ二世について、読んでおくといいと言いました。

シンプソンさんが、行きも帰りも車に乗せてくれたのですが、ポーリーンは家に帰ったらすぐ、ジェークスさんをつかまえて、「チャールズ二世の妹のヘンリエッタ王女について聞かせて」と、言いたくて、早くもうずうずしていたのでした。

17　ポーリーンの映画出演《えいがしゅつえん》

クロムウェル通りの一家にとって、一年のうち、八月はいつもきまって具合《ぐあい》のわるいことが重なる、不運な月でしたが、その年の八月はとりわけ、いやなことつづきでした。三人姉妹はだれもが仕事にあぶれていて、ポーリーンにしても、ヘンリエッタ役で映画《えいが》に出演《しゅつえん》しないかぎり、どこかの劇場《げきじょう》から声がかかりそうもなかったのです。

その映画出演《えいがしゅつえん》もどうやら、流れてしまったようで、撮影所《さつえいじょ》でのテストいらい、七週間にもなるのに、何の連絡《れんらく》もありませんでした。

シンプソンさんたちはロンドンをはなれていましたし、博士さんたちはケントの田舎《いなか》に出かけていました。子どもたちが百日咳《ひゃくにちぜき》のあと、転地《てんち》したあの土地です。ミス・デーンはドイツで開催《かいさい》されているバレエについての会議に出席して留守《るす》。コックが夏休みを取っているので、クララの台所仕事をみんなで手伝わなければなりませんでした。

そんなふうで、家じゅうのひとが落ちこんでいて、気分をなんとか、一新《いっしん》する必要があったのです。

ペトロヴァの誕生日《たんじょうび》のお茶のあと、三人のフォッシル姉妹はいつものように、誓《ちか》いの言葉をとなえました。

「われら三人のフォッシル姉妹は、歴史の教科書にフォッシルの名がのるように、努力することを誓《ちか》う。フォッシルはわれら三人だけの名前であり、お父さんとか、お祖父《じい》さんのおかげだなんて、だれにも言わせないのである。われらはまた、ガムが帰るまで、ガーニーを助けて、お金をかせぐことを誓《ちか》う」

「アーメンって、言わないの?」と、ポージーがききました。

「そんなこと、どうでもいいじゃないの」と、ペトロヴァがつぶやきました。

すると、どうしたことか、ポージーがワッと泣きだしたのです。

ポーリーンとペトロヴァはびっくりして見つめました。

「どうしたの、ポージー?」と、ポーリーンがききました。

「だって……だって……」と、ポージーは泣きじゃくりました。「これまではいつも、アーメンって、つけ加えたわ。だから、ラッキーなことが起こったのよ。いまは、いやなことばっかり。あたし、みんなでそろってアーメンって言ったら、何もかも、きっとまたよくなるって思ってたのに……」

ペトロヴァは窓《まど》のところに行って、外を見ました。クロムウェル通りはむし暑そうでほこりっぽく、見ているだけで気分が落ちこみました。こんな日があたしの誕生日《たんじょうび》だなんて。

ポーリーンは、ポージーとペトロヴァの顔をちょっと見くらべていましたが、いきなり部屋をとびだして、シルヴィアのところに行きました。

シルヴィアの椅子《いす》の肘《ひじ》かけにとびのって、ポーリーンは夢中《むちゅう》で言いました。

「ガーニー、あたし、郵便局《ゆうびんきょく》から貯金をおろそうと思うの。そのお金でテントを買って、三人で二週間、キャンプをしたいんだけど」

「キャンプですって？　あなたたち子どもだけで行かせるわけにはいかないわ」

「わかってるわ。ねえ、ガーニー、こうしたら、どうかしら？　ケントのジェークスさんたちのそばに、テントをはるの。あそこは共有地《きょうゆうち》だから、お金はかからないと思うし。あたしの貯金をおろして、ガーニーも近くのホテルに部屋を借りるのよ。ナナも一週間、こられるんじゃない？　そのあいだに、もしもあたしに、オーディションの口がかかったら、すぐロンドンにもどればいいんだし」

「貯金をみんな、おろすつもり？　さあ、それはどうかしら……」

「でもあたしたち、三人とも、お休みが必要なのよ。ペトロヴァも、ポージーも、落ちこんでメソメソしているし」


ナナはこの提案《ていあん》に大賛成《だいさんせい》でしたが、「わたしはロンドンにおりますよ。シルヴィアさまにはたしかに、お休みが必要です」と、言いました。「わたしはいずれ、お休みをいただいて、妹のところに行くつもりですから」

ケント行きが決まったとき、みんながどんなに元気づいたか、それはびっくりするほどでした。まず、返信料先ばらいでジェークスさんに、テントをはる場所を予約できるかどうか、問い合わせの電報《でんぽう》を打ちました。

一時間後、「スベテトリハカライズミ」という返電がありました。

ポーリーンは翌朝《よくあさ》、郵便局《ゆうびんきょく》に行って、貯金を引き出しました。三人はさっそく買物に出かけて、テントとシート、それに、わら布団《ぶとん》を三つつくる材料を買いました。

二日後、三人のフォッシル姉妹とシルヴィアは、ケントのジェークスさんのところに到着《とうちゃく》しました。ジェークスさんたちは、シルヴィアがホテルでなく、自分たちの家に泊《と》まるように計らい、近くの草地に子どもたちがテントをはれるように、農場主にたのんでくれました。昼食は、ジェークスさんのところで食べることになり、ポーリーンは週一ポンドをジェークスさんたちにはらうという取り決めができました。朝食、お茶、それに夕食は自分たちでつくり、買い物その他もすべて、三人ですることにしたのです。

三人はこのキャンプの毎分毎秒を、このうえなく楽しみました。炊事《すいじ》は当番制でした。朝食には、たいてい卵《たまご》がつきました。農場で、いくらでも買えるからです。夕食は、ペトロヴァが当番のときはソーセージが出ましたし、ポーリーンは少なくとも二つのコースを工夫《くふう》しました。ポージーが買い物当番のときは、お菓子《かし》がたくさん、買いこまれました。

雨の日には、農場主が納屋《なや》を使わせてくれました。ここで朝のうち、三人は感心にも、バレエの練習を欠かしませんでした。やがて子どもたちは、わらの中にかくれている者を鬼《おに》がさがすという、ゆかいなかくれんぼを発明し、ときにはシルヴィアやジェークスさんたちも仲間《なかま》入りをして楽しみました。

帰る予定の日の少しまえに、ナナからシルヴィア宛《あ》てに電報《でんぽう》がとどきました。ポーリーンがヘンリエッタの役に採用《さいよう》され、ロンドンに帰る早々、スタジオに行くことになっているというのでした。

ポーリーンの映画出演《えいがしゅつえん》によって、お金の心配は解消《かいしょう》しました。一日、十ポンド、最低十日が保証《ほしょう》されたのです。学院に十ポンドはらうとしても、九十ポンドを家計費と衣服費にまわすことができました。

映画《えいが》の撮影開始《さつえいかいし》は九月末か、十月はじめになるそうで、九月ちゅう、ポーリーンは衣装《いしょう》の仮縫《かりぬ》いのために、何度も呼《よ》びだされました。あっさりした型《かた》の衣装《いしょう》でしたが、仕立《した》てが凝《こ》っているばかりでなく、うつくしい刺繍《ししゅう》がほどこされ、うっとりするほどでした。

じっさいに撮影所《さつえいじょ》に呼《よ》びだされたのは、十月のさいごの週のことでした。そのころにはポーリーンは、ヘンリエッタについて、いろいろと読んでおり、台本をもらって、ちょっとがっかりしました。台詞《せりふ》がみじかく、それぞれの場面がいくつかに分かれているのも、勝手がちがいました。こんなふうに何もかも細切《こまぎ》れでは、役を一貫《いっかん》してとらえることはむずかしいのではないかという気がしました。

撮影《さつえい》第一日目にスタジオに行ったポーリーンは、映画《えいが》は芝居《しばい》とはまったくちがうテクニックなのだということに気づきました。はじめのうち、ポーリーンは、撮影《さつえい》がいやでたまりませんでした。ぼんやり待つばかりの待ち時間も、一つの場面がオーケーとなるまで、きりなくくりかえされる撮《と》り直《なお》しも、たいくつなばかりでした。

ある日、ポーリーンはチャールズ二世とのちょっとした場面のために、呼《よ》びだされました。チャールズを演《えん》じるのは、世界じゅうに名を知られている、イギリスの名優《めいゆう》で、ハリウッドでも名声《めいせい》を博《はく》しているということでした。撮影予定《さつえいよてい》の場面は、チャールズ二世が亡命先《ぼうめいさき》のフランスからイギリスに出発するまえに、妹のヘンリエッタに、手紙をよこすように言いふくめるところでした。

ヘンリエッタが、「なるべく書くようにします」と答えると、チャールズはヘンリエッタの顔を両手ではさみ、「なるべくじゃない。きっと書くと言いなさい」と、言います。それから、ふとわきを向いて、ほとんどささやくように、「私の道はさびしい道なのだよ、いもうと」と、つぶやくのでした。

二時間近くのリハーサルのあと、撮影《さつえい》が開始されました。ショルスキー氏は、額《ひたい》にびっしより、汗《あせ》をかいていました。

板を持った、例の少年がまえに進み出ました。板には、「亡命中《ぼうめいちゅう》のチャールズ。監督《かんとく》、ショルスキー氏、カメラ、ローゼンブラウム氏、音響《おんきょう》、ベンジャミン氏、第八十四場面、その一」と書かれていました。

室内の明かりがのこらず点灯《てんとう》され、カメラがうなりだしました。少年が拍子木《ひょうしぎ》をたたきました。

ポーリーンは心の中で、「いやになっちゃうわ。なんてたいくつなの！」と、ため息《いき》をつきました。

「演技《えんぎ》、はじめ！」と、ショルスキー氏の声がひびきました。

チャールズとヘンリエッタの場面がはじまったのです。

チャールズがなかば顔をそむけて、「わたしの道はさびしい道なのだよ、いもうと」と、言ったとき、ポーリーンは何気なく、その顔を見上げて、思わずハッとしました。リハーサルがくりかえされたあげくで、場面もごくみじかいのに、チャールズの目にはなみだがあふれていたのです。

「その一」の撮影《さつえい》がおわったとき、ショルスキー氏がポーリーンのところにきて言いました。

「いま、チャールズを見上げたとき、きみの顔には、これまで見たことのない表情《ひょうじょう》が浮《う》かんでいた。きみが木や石でできているんじゃないというしるしを見せたのは、これがはじめてだよ」

「あのひとのおかげなんです」と、ポーリーンは言いました。「見上げたら、ほとんど泣いているみたいで、ハッとしたんです」

ショルスキー氏はいきなり、ポーリーンの両手をつかみました。

「あの男はね、映画《えいが》の演技《えんぎ》が完璧《かんぺき》にできるひとなんだよ。ロンドン塔《とう》のプリンス役のきみを、ばかな批評家《ひひょうか》どもがほめちぎったために、撮影《さつえい》がはじまっていらい、きみはほとんど努力らしい努力をしていなかった。今日、チャールズを見守って、きみは多くを学んだ。ほんものの俳優《はいゆう》の演技《えんぎ》を見たからだよ。きみにもできるはずだ。ほんものの演技がね」

ポーリーンはショルスキー氏が言ったことを、だれにも話しませんでした。ただ、それからというもの、撮影所《さつえいじょ》の仕事はたいくつでなくなり、ときおりですが、ほんとうにヘンリエッタ王女になったような気持ちを味わったのでした。

シルヴィアはそのクリスマス、家を売りましたが、子どもたちはそれぞれにいそがしく、あまり気にしませんでした。ポーリーンは『シンデレラ』のパントマイムの妖精《ようせい》としてやとわれていましたし、ペトロヴァは郊外《こうがい》の劇場《げきじょう》で上演《じょうえん》される『ジャックと豆の木』の舞台《ぶたい》でおどる二十四人のはねかえりマメのひとりでした。

ポーリーンが出演《しゅつえん》した映画《えいが》の撮影《さつえい》はおわり、つぎの映画の話もなかったので、妖精《ようせい》になれたのは、せめてもありがたいことでした。でも、その妖精《ようせい》の台詞《せりふ》はとてもばかげていて、ペトロヴァとポージーに、さんざんからかわれました。

「ああ、シンデレラ、だいじょうぶ、あなたをほうってはおきません」

ポーリーンが入浴していると、ポージーがのぞいて、こうさけびます。

リハーサルに出かけようとすると、今度はペトロヴァが言うのでした。

「時計が十二時打ったあと、ぐ

ずぐずしていちゃ、たいへんよ！　何からなにまで台なしよ！」

二人にからかわれても、ポーリーンは気にしませんでした。うつくしい衣装《いしょう》が着られましたし、ちょっとすてきな独舞《ソロ》もあったからでした。

ペトロヴァのほうは、今度のはねかえりマメほど、ばからしい役はないとクサっていました。はねかえりマメたちは毎日、ブリックさんという監督《かんとく》さんに先導《せんどう》されてリハーサルに行きました。ブリックさんはいいひとですが、規律《きりつ》にやかましく、道を歩くときは二人ずつ、きちんとならんで行進しなければなりませんし、地下鉄の中のおしゃべりもゆるされませんでした。

昼食後も、二列縦隊《れつじゅうたい》で広場を行進させられました。舞台《ぶたい》に出ず、下稽古《したげいこ》を命じられていないとき、ブリックさんは子どもたちとゲームをしました。ほかの二十三人のはねかえりマメはゲームが大好きでしたが、ペトロヴァは片隅《かたすみ》ににげこんで、飛行機や自動車の操縦《そうじゅう》の教本に読みふけりました。

ペトロヴァがどんな気持ちか、察《さっ》してくれたのはシンプソンさんでした。

「たいくつそうだね、ペトロヴァ？」

「もう、うんざり」

「だろうね。日曜日に二時間、飛行機でとぶ予約をしておいたよ」

シルヴィアが家を売ったので、六月からはシンプソンさんともおわかれです。

「シンプソンさんがいなくなったら、あたし、どうしたらいいの？」と、ペトロヴァはつぶやきました。

「元気を出したまえ。日曜日にはこれからも、いっしょに出かけられる。それに、あと三年半すれば、きみは自動車の運転手になる訓練をはじめられるんだよ」

その年の一月、国王のジョージ五世陛下《へいか》が亡《な》くなりました。その直後の一週間は、あらゆる催《もよお》しもののお客が四分の一にへり、その後も、景気《けいき》はもりかえしませんでした。ポーリーンの『シンデレラ』も、ペトロヴァの『ジャックと豆の木』も、二月末には打ちどめになりました。

三月のなかば、ポージーが泣きはらした顔で、学院から帰ってきました。マダムが病気のために、スイスで静養なさると聞かされたのです。

「まあ、おきのどくなマダム！」と、シルヴィアが言うと、ポージーがいきなりさけんだのです。

「あたしの練習、どうなるの？　マダムがいらっしゃらなくなったら、あたし、どうしたらいいの？」

18　ポージー

マダムが病気だというのに、ポージーが自分の練習のことばかり、気にしているので、大人たちはみんな、あきれかえっていました。でもポーリーンは、ポージーに同情《どうじょう》していました。ポージーという子はバレエひとすじ、ほかのことはまるで考えていないのです。

「もしかしたら、マダムには、ポージーが十二歳《さい》になったら、どういった訓練を受けたらいいか、心づもりがおありになったのかもしれないわ」と、ポーリーンはペトロヴァに言いました。「それなのに何も言いおかずに、お出かけになったんですもの」

「そうね、ポージーにとっては、たいへんなショックだったんでしょうね」と、ペトロヴァもうなずきました。

学院でも、ポージーはもてあまされていました。マダムの個人《こじん》レッスンのかわりに、ミス・

デーンが受け持っている、大きい子たちのクラスに加わるように言われたのですが、ポージーには、そのクラスでおおぜいとまじめに練習する気がなく、みんなの知っているだれかしらのおどりかたを真似《まね》ておどるので、その真似《まね》のたくみさ、しんらつさに、クラスじゅうが笑いだし、授業《じゅぎょう》どころではなくなってしまうのでした。

ポーリーンはミス・デーンの苦情《くじょう》を聞いて、何とかしたいと思いましたが、ポージーの場合、しかっても、言い聞かせても、何の効果もないことはわかりきっていました。

その夜、ポーリーンは、ポージーが入

浴している浴室のドアをノックしました。二人の会話を、だれにも聞かれたくなかったからでした。

「ねえ、ポージー、マルマロー・バレエ団《だん》が五月にロンドンにくるんですってね。あなた、見に行きたい？」

ポージーは浴槽《よくそう》からとびださんばかりに興奮《こうふん》して、答えました。

「もちろんよ！　団長《だんちょう》のマノフはすばらしい指導者《しどうしゃ》なのよ。マノフは『ペトルーシュカ』にだけ、出演《しゅつえん》するんですって。でも、入場券《にゅうじょうけん》、とっても高そうで、あたしなんか、行けっこないわ」

「あたしね、自由につかえるお金、二ポンド、持ってるの。もしか、あなたが態度《たいど》をあらためて、ミス・デーンのクラスでちゃんと練習するなら、二人分の入場券《にゅうじょうけん》、買ってもいいと思ってるのよ。あなたとシルヴィアの分をね」

「ほんと？」と、ポージーは目をかがやかせて、ききかえしました。「だったら、あたし、明日から模範生《もはんせい》になるわ。ミス・デーンがこまるようなこと、けっしてやらないって、約束するわ。ほんとよ！」

ポージーは夢中《むちゅう》になって、浴槽《よくそう》からとびだし、ぬれた両腕《りょううで》をポーリーンの首に投げかけました。

「わかったわ」と、ポーリーンはポージーをもう一度、浴槽《よくそう》の中におしこみました。「いやあね、あたしまで、ずぶぬれになっちゃったじゃないの」

それいらい、ポージーは学院でも、家でも、見ちがえるようにいい子になりました。それで、マルマロー・バレエ団《だん》の公演《こうえん》の日取りが発表されるとすぐ、ポーリーンは特等席の入場券《にゅうじょうけん》を二枚、買いもとめました。買収《ばいしゅう》は感心しませんが、それは、ポージーの態度《たいど》をあらためさせる非常手段《ひじょうしゅだん》だったのです。

その二日後、ポーリーン宛《あ》てに、大きな白い封筒《ふうとう》がとどきました。『チャールズ二世』の映画《えいが》の封切《ふうぎ》り日《び》の招待券《しょうたいけん》が三枚、入っていました。シルヴィアはポージーのおともで、マルマロー・バレエの公演《こうえん》に行くことになっていましたから、ポーリーンはナナとペトロヴァに招待券《しょうたいけん》をわたしました。

翌月《よくげつ》の末には、家を引きはらうことになっていたのですが、シルヴィアはまだ手ごろなアパートを見つけていませんでした。ミス・デーンはマダムのアパートの一室に移《うつ》ることになり、シンプソンさん夫妻《ふさい》はいちおう近くのアパートにひっこすことにしていました。ジェークスさんたちは学院の近くのアパートに移《うつ》ることに決め、ひきつづき、子どもたちの勉強を見るつもりだと言いました。

ナナは、『真夏《まなつ》の夜《よ》の夢《ゆめ》』のオーディション用にポーリーンとペトロヴァのためにこしらえたドレスのすそを少し下ろし、フリルをあらたにつけて、ペトロヴァとポージーのよそ行きをこしらえました。ポーリーンには、今ではマネージャーがついていて、舞台《ぶたい》に立たないときの服装《ふくそう》の提案《ていあん》までしてくれました。

「あまり子どもっぽいドレスは、ふさわしくありません。年相応《としそうおう》に見えることが望ましいんですよ」と、マネージャーは言いました。

そこでシルヴィアはファッション雑誌《ざっし》の「ヴォーグ」を参考にし、ポーリーンとナナの意見も取り入れて、ブルーのタフタとオーガンディーを買いました。ナナがこしらえた服は大成功で、それを着たポーリーンは売り出しちゅうの若手女優《わかてじょゆう》らしくスマートで、しかも愛《あい》らしく、ナナは誇《ほこ》らしくて胸《むね》がいっぱいになりました。

いつものように、シンプソンさんが三人を劇場《げきじょう》まで車で送ってくれました。劇場《げきじょう》の中に入っても、三人に関心をしめす者はいず、ポージーとペトロヴァは、劇場《げきじょう》のあちこちを見てまわりました。サロンの壁《かべ》には、チャールズ二世時代の服装《ふくそう》をまとった人びとの写真や映画《えいが》のスチールがはられていました。

三人の招待席《しょうたいせき》は正面桟敷《しょうめんさじき》のとてもいい位置にあり、プログラムもただでもらえました。大判《おおばん》の豪華《ごうか》なプログラムはうつくしいリボンで結ばれていて、表紙はチャールズ二世の大写しの写真でした。映画《えいが》の筋書《すじが》きのつぎに、出演《しゅつえん》する、おもな俳優《はいゆう》の写真と、製作《せいさく》にあたった人びとの名前がのっていました。ポーリーンの写真はありませんでしたし、名前もごく小さな活字《かつじ》でした。

ペトロヴァが「ひどいじゃないの、あなたの名前、ぜんぜん目立たないわ」と、言ったとき、ポーリーンは、「でも、脚本家《きゃくほんか》の名前よりちょっと大きいわ」と、答えました。

映画《えいが》は大受けで、おわると拍手《はくしゅ》が鳴りやまず、ポーリーンはとても晴れがましい気持ちでした。外に出ると、劇場《げきじょう》の前におおぜいのひとが群《むら》がっていました。

とつぜん、だれかが、「あそこにヘンリエッタをやったポーリーン・フォッシルがいる！」とどなりました。と、あっと言う間に、おおぜいのひとがサイン帳や紙をつきだして、ポーリーンのまわりをかこみました。ポーリーンはしかたなく、さしだされたサイン帳に名前を書きなぐったのですが、とうとうナナがしびれを切らして、そばにいた警官《けいかん》の腕《うで》をつかみました。

「おまわりさん、わたしたちを、タクシーに乗せてくださいませんか？」

18　ポージー

すばらしく気のきく警官《けいかん》で、あっという間にタクシーを見つけて、ナナとペトロヴァをおしこみ、群集《ぐんしゅう》の頭ごしにポーリーンをタクシーに乗せてくれ、それからうやうやしく最敬礼《さいけいれい》をして、ドアをバタンと閉《し》めました。

「ナナ、どうしてなの？　入って行ったときは、だれもあたしたちにかまわなかったのに」

「映画《えいが》のせいですよ。あなたがヒットしたってことでしょうね」

ポージーはマルマロー・バレエ団《だん》の公演《こうえん》からだまりこくって帰ってきて、ほとんどひと言も口をきかずにベッドに入ってしまいました。

ひとねむりしたポーリーンがふと目をさますと、窓《まど》ぎわにポージーが立っていました。

「どうしたの、ポージー？」

「マノフのことなの。あたし、マノフに教わりたいの」

「何を言ってるの？　マノフのバレエ学校、チェコスロヴァキアにあるんでしょ？」

ポージーはいまにも、泣きだしそうでした。

「あたし、どうしても、マノフに習いたいのよ」

ポーリーンはベッドから出て、ポージーの腕《うで》をつかんでベッドにおしこみ、毛布《もうふ》でしっかりくるみこみました。

「もう真夜中よ。その話、いまはやめないと」と、ポーリーンは言って聞かせました。「あたしがあなただったら、いまはそんなことはわすれて、ぐっすりねむることにするわ」

19　ガムの帰宅《きたく》

翌朝《よくあさ》のレッスンのときに、ポージーがいないことがわかりました。朝食のテーブルについていたのはたしかなのですが、その後はだれも、ポージーの姿《すがた》を見ていなかったのです。ジェークスさんとスミスさんはポーリーンとペトロヴァに、ミス・ブラウンを心配させたくないし、そっとしておこうと言いました。そのうち、ひょっこり、帰ってくるにきまっている。よちよち歩きの赤ちゃんじゃないんだし、車にひかれる心配もいらないしと。

レッスンがはじまりましたが、ポージーのことが気になって、階段《かいだん》で音がしたり、ドアが開いたりするたびに、だれもがハッとしました。なか休みに、ジェークスさんがストロベリー・アイスをごちそうしてくれましたが、ポーリーンも、ペトロヴァも、おいしいはずのアイスクリームの味がさっぱり、わかりませんでした。

十一時ごろ、クララが、「ポーリーン、シルヴィアさまがお呼《よ》びです。マネージャーのルービンズさんがいらして、何か、あなたにご用があるみたいですよ」と、言いました。

ポーリーンがぬけたので、レッスンは打ち切りになり、ペトロヴァは、玄関《げんかん》のドアが開いたらすぐわかるように、階段《かいだん》のいちばん下の段に腰《こし》を下ろしました。

しばらくして客間《きゃくま》のドアが開いて、ポーリーンが出てきました。その顔には、ちょっときみょうな表情《ひょうじょう》が浮《う》かんでいました。

ポーリーンは、ペトロヴァとならんですわりました。「ポージー、帰ってきた？」

「いいえ、まだよ」

「ルービンズさん、あたしに、ハリウッドに行く気はないかって、ききにきたのよ。ハリウッドの映画会社《えいがかいしゃ》と契約《けいやく》すれば、すごくたくさん、お金がもらえるらしいの」

「あなたを映画《えいが》スターにしようってこと？」

「そうみたい。でも、あたし、行きたくないのよ」

「どうして？」

「あたしね、ほんとは、舞台《ぶたい》に立つ女優《じょゆう》になりたいの。映画女優《えいがじょゆう》じゃなく」

「映画《えいが》スターになれば、お金がたくさんもらえるって、どのくらい？」

「あなたには、とても信じられないと思うわ」と、ポーリーンはちょっときまりわるそうに言いました。「週給百ポンド、いいえ、もっとかも。アメリカの映画会社《えいがかいしゃ》が乗りだすって、わかっていたら、イギリスのスタジオがとっくに契約《けいやく》していただろうって、ルービンズさん、言うのよ」

「びっくりしちゃうわね」と、ペトロヴァは、ポーリーンの顔を見つめました。「週給百ポンド！」

「でも、あたし、ほんとは行きたくないの。行ったら、五年間はイギリスに帰れないみたいだし」

「五年間も？　もしもそうなったら、あなた、ひとりで行くわけ？」

「いいえ、ガーニーといっしょよ」

「ガーニーまで、アメリカに行っちゃうの？　ガーニーがいなくなったら……あたしとポージーはどうなるのよ？」

「さあ……、ガーニーは、あたしの気がすすまないんだったら、行く必要はないって、言うんだけど」

「あなた、ほんとは、行きたくないんでしょ？」

「ほんとはね。でも、ルービンズさんは、あなたやポージーとよく相談してきめたらいいんじゃないかって」

そのときでした。玄関《げんかん》のドアが開いて、ポージーがとびこんできたのです。

「ポージー！　いったい、あなた、いままで、どこに行ってたの？」と、ポーリーンとペトロヴァが同時にききました。

ポージーは二人とならんで、階段《かいだん》のいちばん下の段にすわりました。

「あのひと、あたしを引き受けてくれるんですって！」

「あのひとって、いったい、だれのことよ？」と、ペトロヴァがききました。

ポーリーンはふっと、前の晩《ばん》のことを思い出しました。「ポージー、あなた、もしかして、マノフに会いに行ったの？」

ポージーは両手をかたくにぎりあわせて、うなずきました。

「ええ、あたし、マノフのバレエ団《だん》が出演《しゅつえん》している劇場《げきじょう》に行ってきたの。運よくちょうど、リハーサルがはじまるところでね。あたし、バレエ・シューズにはきかえて、片隅《かたすみ》で待ってたの。ムッシュー・マノフが入ってきたとき、あたし、『あたしがおどるところを見ていただけませんか』って、すごくていねいにおねがいしたのよ。マノフは首をふって、『そんなひまはない、これからリハーサルだからね』って。でも、そのときにはもう、あたしの脚《あし》、ひとりでにおどりだしてたのよ。マノフはあたしがおどるのを見ているうちに、もう少し、見てやろうかって気になったようで、あたしをステージの中央に立たせて、つぎからつぎへと指図《さしず》をしはじめて……」と、立ち上がって、マノフが指図《さしず》する様子を、そして、その指図にしたがって、自分がどんなふうにおどったかを、実演《じつえん》して見せました。

「おどりおわったとき、マノフがきいたの。『これまで、だれに、教わったんだね？』って。マダムのことを話すと、マノフは投げキッスをして、『なるほど』って、うなずいて、それから言ったのよ。『ソリヴァのわたしの学校においで』って。だから、あたし、『行きます！かならず行きます！』そう言って、帰ってきたの」

「でも、ポージー、ガーニーには、あなたをマノフのところに留学《りゅうがく》させるなんてこと、できっこないわ。むりよ、それは。だいいち、あなたはまだ子どもよ。ひとりでチェコの学校に留学《りゅうがく》できるわけ、ないじゃないの！」と、ペトロヴァが言いました。

「そのことも、あたし、ちゃーんと考えたのよ。ガーニーかナナがあたしといっしょに行くことになると思うわ」と、ポージーはすまして言いました。

「旅費だって、むこうでの生活費だって、ものすごくかかるんじゃない？　そんなこと、できないにきまってるわ！」と、ペトロヴァは、わからずやの小さな子に言って聞かせるように、ゆっくり、はっきり、くりかえしました。

ポージーの顔は、いまにも泣きだしそうにゆがみました。

「あたし、行かなきゃいけないのよ、ぜったいに！」

ポーリーンが立ち上がりました。

「そうね、たぶん、行けると思うわ。ちょっと待っていらっしゃい」そう言うと、階段《かいだん》をかけあがって客間《きゃくま》に入って行き、ほんの二、三分でもどってきました。

「きまったわ、すっかり！　ガーニーがいま、あたしのかわりに、契約書《けいやくしょ》にサインしてるわ。五年間も、アメリカで暮《く》らすことになっちゃうけど」と、ちょっと悲しそうに言い、それから、ポージーのほうに向きなおりました。

「あなたがチェコに行く旅費も、何もかも、あたしがはらうわ。ハリウッドに行けば、ずいぶんたくさんのお金がもらえるみたいなの。ガーニーとあたしがあっちで暮《く》らす費用ばかりじゃなく、あなたとナナがチェコで暮《く》らす費用も出せるわ」

「ああ、ポーリーン！」と、ポージーは、ポーリーンの首に両腕《りょううで》を投げかけて飛びあがり、つまさき旋回《せんかい》のピルーエットで、部屋じゅうをおどりまわりました。

ペトロヴァにはもちろん、天にものぼる心地《ここち》のポージーのよろこびに水をさす気はなかったのですが、ポーリーンに問いかけた声は、かすかにふるえていました。

「そうなったら……もしも、そうなったら……あたしは……どうなるわけ?」

「そうだったわ。あなたのことだけが、まだ何もきまっていなかったわね」と、ポーリーンはつぶやきました。「さあ……あなたの話は出なかったものだから……」

「そうでしょうね」と、ペトロヴァは泣くまいと努力して、話題を変えました。「あたしたち三人の誓《ちか》いも、これでおしまいってことね。あなたはアメリカ、ポージーはチェコに行って、三人とも、はなればなれになるわけだし」

ポージーはつまさき旋回《せんかい》をやめました。

「そうね。ポーリーンとあたしには、あの誓《ちか》いは果《は》たせないわ」

ポーリーンも言いました。「ええ、たぶん、むりでしょうね」

ペトロヴァがふしぎそうに言いました。「どうしてよ?」

「あたしがバレリーナになっても、歴史の教科書にはのらないわ」と、ポージーが言いました。

「映画《えいが》スターの名前だって、のりっこないわ」と、ポーリーンも言いました。「でも、ペトロヴァ、あなたの名前はのるかもよ。そうよね、ポージー?」

「ええ！」と、ポージーは大きくうなずきました。

「どういうことよ？」と、ペトロヴァがもういっぺん、ききました。

ポーリーンは、両手をペトロヴァのひざの上におきました。

「たのみの綱《つな》は、あなたひとりってことだわ。さきざき、あなたの名前がのるのよ、歴史の教科書に！　バレリーナのポージーと、映画俳優《えいがはいゆう》のあたしの名前は、歴史の教科書にのりっこないけど、ペトロヴァ、あなたの名前がのれば、あたしたちのあの誓《ちか》いは、実現《じつげん》するわけじゃない？」

「どういうこと？」ペトロヴァにはまだ何がなんだか、さっぱり、わからないようでした。

「もちろん、飛行機よ。歴史の教科書にはね、きっと、こういう文句《もんく》がのると思うの」と、ポーリーンは言いました。「『二十世紀における、もっとも偉大《いだい》な探険家《たんけんか》はペトロヴァ・フォッシルである。彼女《かのじょ》の操縦《そうじゅう》する飛行機はあらたな航空路《こうくうろ》を開拓《かいたく》し、これによって物資《ぶっし》は、より迅速《じんそく》に、かつ、より合理的な価格《かかく》で、万人《ばんにん》に提供《ていきょう》されている……』。ねえ、あたらしい誓《ちか》いを立てようじゃないの？『われら三人のフォッシル姉妹は今後、歴史の教科書にペトロヴァ・フォッシルの名をのせるべく、努力することを誓《ちか》う。フォッシルはわれら三人だけの名前であり、お父さんとか、お祖父《じい》さんのおかげだなんて、だれにも言わせないのである』」

「オドロキ、モモノキ、サンショノキ！」と、ペトロヴァはつぶやきました。「あたしだけ、何もしないで、つまらない一生を送るんだろうと思っていたのに」

「あたしたち、ずうっと思ってたのよ。三人のうちでかがやくのは、あなただって。フォッシルの名をあげるのは、ペトロヴァ・フォッシル、あなたなのよ！」

こう、ポーリーンとポージーは口をそろえて言ったのです。

ちょうどそのとき、玄関《げんかん》のドアがガタンと大きな音を立てて開きました。入ってきた男のひとは、かなりの年のおじいさんで、片足《かたあし》は義足《ぎそく》、大きな袋《ふくろ》とスーツケースを下げていました。三人のフォッシル姉妹は、磁石《じしゃく》に引きよせられる釘《くぎ》のように、そろって、おじいさんに近づきました。

おじいさんはスーツケースを床《ゆか》にほうりだし、いらいらと三人の顔を見くらべました。

「いつもおんなじだ。この家の女どもは何をしているんだね？　かんじんのときに、近くにいたためしがない！」

「あのう、もしかしたら……」と、ポーリーンが、ためらいがちにききました。「あなたはガムじゃあ……？」

「そうとも。わしはガムだ」と、おじいさんは言いました。「あんたたちはいったい……」

「あたしはポーリーン」

「あたしはペトロヴァ」

「あたしはポージー」

おじいさんはびっくりしたように、三人の顔を見くらべました。

「これはおどろいた！　この前、見たときは、どの子も、ほんの赤《あか》ん坊《ぼう》だったのに！　わしは赤《あか》ん坊《ぼう》を集めたことはあったが、わかいレディーの収《しゅう》集《しゅう》は試みたことさえ、ないんだが」

ポージーがガムの腕《うで》をかるくたたいて、言いました。「でも、ガム、お留守《るす》がかなり、長びいたんじゃない？」

「そうだね……帰るのを、ついわすれていたんだよ。まあ、おすわり。あんたたちのことをのこらず、話して聞かせてもらいたいね」

三人は、ガムをかこんですわりました。そして、その日までのことを、それこそ、のこらず、話しました。一家がどんなにお金にこまったか、とうとうこの家を売ってしまったこと。ポーリーンが映画会社《えいがかいしゃ》と契約《けいやく》したという、最新のニュースまで、話したのです。

「あたし、ガーニーとハリウッドに行って、映画《えいが》スターになるの」と、ポーリーンが言いました。

「あたし、ナナとチェコに行って、マノフに教わるの」と、ポージーが言いました。

ガムは、ペトロヴァの顔を見返りました。

「だとすると、あんたとわしだけがきまっておらんわけだ。あんたは何がやりたいんだね？」

「飛行機と自動車よ」と、ペトロヴァより先に、ポージーが答えました。

「うん、そりゃ、わしには持ってこいだ」と、ガムはうれしそうに言いました。「わしは飛行機も、自動車も、大好きなんだよ。飛行機なら、時間をかけずに動きまわれる。自動車の旅なら、いろいろなものを積みこめる。コックとクララは、いまもこの家におるのかね？　だったら、あの二人に、わしらの面倒《めんどう》を見てもらおうじゃないか。シルヴィアとナナはそれぞれ、アメリカやら、チェコやらに行ってしまうんだからね。さっそく、明日、車をたのんで飛行場に行き、近くに手ごろな家を見つけよう。ペトロヴァ、あんたがおちついて訓練や勉強ができるようにね。さて、シルヴィアはどこにいる？」と、立ち上がりました。

「客間《きゃくま》よ」と、ポーリーンが答えました。「あたしの契約書《けいやくしょ》にサインしてるところ。あたしのマネージャーのルービンズさんがいっしょだけど」

「契約書《けいやくしょ》だろうが、マネージャーだろうが、わしはぜんぜん気にせんよ」と言って、ガムは客間《きゃくま》のドアを開けて、中に入って行きました。

ポーリーンとペトロヴァとポージーの三人は、ガムをだまって見送りました。

「すごくいいひとね」と、ポーリーンが言いました。

「チェコに行くんでなかったら、ずっといっしょにいたいくらい」と、ポージーが言いました。

「ああ、うれしい！　飛行場の近くで、ガムとコックとクララと暮《く》らせるなんて！」と、言ったペトロヴァの顔は、これまでついぞなかったほど、晴ればれとかがやいていました。

「あたしたち、これから、まるでべつなことをして暮《く》らすわけね」と、ポーリーンが言いました。

「それぞれ、ちがう場所でね」と、ポージーが言いました。

「ねえ」と、ペトロヴァが顔を上げて、言ったのです。「この近くの通りを歩いている女の子をつかまえて、もしも、あたしたち三人のうちのだれかにならなきゃならないとしたら、いったい、だれになりたいか、きいてみない？　だれって、言うと思う？　ポーリーンかしら、ポージーかしら？　それとも、このあたしかしら？」

訳者あとがき

『バレエ・シューズ』の原作とわたしが出会ったのは、今から五十年以上もまえのことです。そのころ、わたしは夫のつよい希望で、小学四年生と二年生の娘《むすめ》をわたしの姉に託《たく》し、夫とともに、アメリカ東部のニューヨーク州ロチェスター市に滞在《たいざい》していました。コダックの本社の所在地《しょざいち》です。

横浜の埠頭《ふとう》で別《わか》れたときの二人の娘の心細そうな顔がたえず胸《むね》に浮《う》かんでいました。両親のいない暮《く》らしに、それなりに順応《じゅんのう》して過《す》ごしている様子《ようす》を姉がおりおり、書き送ってくれましたが、寂《さび》しさをせいいっぱい我慢《がまん》しているのが二人からの手紙の端《はし》ばしにあふれていて、一日でも早く帰国したいと心の痛《いた》む朝夕でした。

夫の一人分の奨学金《しょうがくきん》でまかなう毎日ですから、わたしの私的な用向きに支出《ししゅつ》するゆとりはありません。ロチェスター市の図書館、とくに児童図書館は深い配慮《はいりょ》のもとに整備《せいび》されていて、若《わか》い女性司書《じょせいししょ》がいつも笑顔で迎《むか》えてくださり、古典的な名作から新作まで、つぎつぎに借《か》りだして読むことができました。『バレエ・シューズ』もそのうちの一冊だったのです。

ノエル・ストレトフィールドはイギリスの作家ですが、その著書《ちょしょ》はアメリカでも広く、深く読まれているようでした。アメリカ版は一作目の『バレエ・シューズ』にちなんで、『サーカス・シューズ』、『家族《ファミリー》シューズ』、『スケート・シューズ』といった具合《ぐあい》に、すべて「シューズ」で括《くく》られていました。『バレエ・シューズ』は日本でもいち早く翻訳《ほんやく》が出ており、わたしも渡米前《とべいまえ》に読む機会がありましたが、それぞれに孤児《こじ》である三人姉妹の生《お》い立《た》ちと学校生活が中心で、下宿人さんたちのことはかなり削《けず》られていたように思います。でも、娘《むすめ》たちと別れて暮《く》らしているわたしには、かつて邦訳《ほうやく》で抜《ぬ》け落《お》ちていた部分こそが身にしみたのでした。

幼《おさな》い子どもにとって親が身近にいないというのはたいへんなことなのだと言われているようで、三姉妹の朝夕が絵空ごととは思えなかったのです。

ああ、この本を全訳《ぜんやく》のかたちで日本の少女たちに読んでもらいたい、心に沁《し》みる、たいせつな一冊になるに違《ちが》いないと思ったのでした。

ストレトフィールドの作品は、童話から分厚《ぶあつ》い物語に心がひかれはじめた英米の少女たちに歓迎《かんげい》され、読みつがれてきました。

わたしも帰国後、翻訳《ほんやく》にたずさわるようになり、すぐ書房主の有賀寿氏のお申し入れで『バレエ・シューズ』（一九七九年）をはじめ、ストレトフィールドの作品を何冊か出版することができました。

そのころから、さらに多くの年月を経て、しばらく児童書の翻訳《ほんやく》から遠ざかっていた、ある日、洋書店で『劇場《シアター》シューズ』の新版の原書を見つけました。

初めて読んだおりの感慨《かんがい》が一時によみがえり、帰宅《きたく》するとむちゅうで、すぐ書房版の『バレエ・シューズ』を書棚《しょだな》の上段から取下ろして読みふけりました。拾《ひろ》い読《よ》みするうちに、翻訳《ほんやく》した当時の一途《いちず》な思いがよみがえり、あの気持ちでこの本をと『劇場《シアター》シューズ』の翻訳《ほんやく》に取りかかりました。

教文館刊の『ふたりのエアリエル』（二〇一四年）がそれです。

その後、『ふたりのエアリエル』の多くの読者が『バレエ・シューズ』の新訳《しんやく》を望んでいらっしゃると聞き、あらたな心組みでふたたび『バレエ・シューズ』と向かい合いました。小学校の低学年の読者から大人まで、誰《だれ》もが楽しんで読める本に仕上がればと願っております。

難破船《なんばせん》の生き残りの赤ちゃんだったポーリーン。苦しい亡命生活《ぼうめいせいかつ》のあげくに亡《な》くなったロシア人の男性の忘《わす》れ形見《がたみ》であるペトロヴァ。母親の履《は》きふるしたバレエ・シューズを大切にしているポージー。三人がそれぞれに異なった天分《てんぶん》と性質《せいしつ》、好みを持っているように、三人をかこむ大人たちもじつにさまざまです。

縁《えん》もゆかりもない子どもたちの養育《よういく》に苦労しているシルヴィア。シルヴィアを助けて、子どもたちを叱《しか》ったり、たしなめたりしながらも、一人一人の成長を誰《だれ》よりも楽しみにしているナナ。メイドのクララ、コック。

子どもたちの成長に関心をいだき、その生育に力を貸《か》す下宿人さんたちの存在《そんざい》も見落とせません。とくに、舞台《ぶたい》に喜びを見出せないペトロヴァに同情《どうじょう》を寄せるシンプソンさん夫妻《ふさい》の親身な力添《ちからぞ》え。マダム・フィドリアをはじめ、学院の先生たちの協力。

多くの人々がそれぞれのやりかたで、三人の成長に関わったのです。

三人の毎日が折々の挫折《ざせつ》や苦労をまじえながらも、たゆみなく営《いとな》まれたのは、このように周囲の人たちが支えてくれたからですが、そのおおもとには、三人の誓《ちか》いがあったのではないでしょうか。

辞書で、「化石」という言葉の意味を調べてみました。「化石。過去の生命の起源《きげん》の総称《そうしょう》。地質時代《ちしつじだい》の生物の遺跡《いせき》、あるいはその一部」ということのようです。

考古学者のマシュー大伯父《おおおじ》さんの化石探《かせきさが》しの旅のおみやげである三人姉妹。フォッシル（化石）という名字は、ほんのはずみでついたようでいて、三人のそれぞれに関わる、とても重大な意味を持っています。

ポーリーンとペトロヴァとポージーは、この物語では、大昔からとぎれずに続いてきた人類の代表者なのです。

いつの世にも大人のあいだにはかならず、子どもたちがいました。笑ったり、泣いたり、怒ったり、喧嘩《けんか》をしたり、仲直りをしたりする、子どもたちがいたに違《ちが》いありません。現代《げんだい》の子どもたちと同様、そのころにも、嫉妬《しっと》や、同情《どうじょう》や、誤解《ごかい》があったでしょう。時と所を超《こ》えて三人は、古代の子どもたちとも、現代のあなたともつながっているのではないでしょうか？

ひとりひとりの人間は、人類の歴史のごくごく小さな一部分でありながら、それぞれに特殊《とくしゅ》な、掛《か》け替《が》えのない存在です。

「奇想天外《きそうてんがい》」という四字熟語《よじじゅくご》があります。ふつうの人の思いつかないことという意味です。『バレエ・シューズ』の主人公たちは奇想天外な生まれと境遇《きょうぐう》の少女たちのようでいて、人類の生命の流れのうちのごく当たりまえの三人なのです。同時に、とても重要な、特別な三人なのです。

化石探《かせきさが》しの旅のおみやげである三人のもとに、長いこと、家をあけていたマシュー大伯《おおお》父《じ》さんがひょっこり帰ってきて、一人だけ、決まっていなかったペトロヴァの光り輝《かがや》く前途《ぜんと》がのぞまれるという結びも利《き》いています。

すぐ書房版の『バレエ・シューズ』は紙質もページの組み方も違《ちが》いますし、厚さはこの本のほぼ二倍でした。でも内容についてのわたしの理解は、この本の場合のほうが濃《こ》いと思っております。わたし自身の境遇《きょうぐう》も以前とはかなり違《ちが》っておりますし、読者として想定される子どもたちにもひとところとは異なった面があるのではないかという気がしています。でも、いったん、翻訳《ほんやく》をはじめるとけっきょく、何もかも忘れて、作者の思いを伝えることにひたすら打ちこんでいたのでした。

ノエル・ストレトフィールドは十九世紀の終わり近くの一八九七年、イングランド南部のサセックス州の町アランデルの牧師館で生まれました。ノエルという名から察《さっ》しがつくように、クリスマス・ベビーでした。六人姉弟《きょうだい》の上から二番目。それぞれに才気に富み、人好きのする姉弟たちの間で、自分だけ、両親や周囲の期待に応えられないのではないかといった不安定な気持ちで過ごした少女時代について後に書いていますが、早く大人になりたい。大人になって、自分の将来《しょうらい》を自分で決められるようになりたい。それがノエルの少女時代の夢《ゆめ》だったのです。

教会のクリスマス劇《げき》に出演《しゅつえん》した、幼《おさな》いころからノエルには、演劇《えんげき》へのつよい関心がありました。女学校を卒業すると、演劇界に憧《あこが》れる若者たちが集まっていたロンドンの学校に両親の反対を押《お》しきって入学し、卒業後、地方回りの劇団《げきだん》に加わりました。シェークスピア劇からレヴュー、パントマイムとさまざまな演目《えんもく》に出演して、アフリカやオーストラリアまで巡業《じゅんぎょう》しました。

一九二九年、オーストラリアからの帰りの船上で、ノエルは父親が亡《な》くなったという電報《ぽう》を受け取りました。ショックとともに深い悲しみにひたり、長らく家族の団欒《だんらん》から遠ざかっていたことを悔《く》いて、浮草《うきくさ》のような生活からの方向転換《ほうこうてんかん》を思い立ちました。

ノエルは若いうちから文筆《ぶんぴつ》にも関心があって、舞台や旅の経験を盛《も》りこんだ文章を書きためるようになっていたのですが、たまたま発表した作品が好評《こうひょう》で、文筆で生計を立てていけるのではないかと考えるようになりました。

それまでのさまざまな経験を盛りこんで書いた、子ども向けの第一作が『バレエ・シューズ』だったのです。

『バレエ・シューズ』が思いのほかの好評《こうひょう》で、二作目の『サーカスきたる』（*The Circus is Coming*, 1938）はすぐれた児童書に贈《おく》られるカーネギー賞を受けました。アメリカでは『サーカス・シューズ』の題で知られています。

その後、『コーンウォールの家』（*The House in Cornwall*, 1940）、『プリムローズ・レーンの子どもたち』（*The Children of Primrose Lane*, 1941）、『幕上《まくあ》がる』（*Curtain Up*, 1944, 邦題《ほうだい》『ふたりのエアリエル』）、『パーティーの衣装《いしょう》』（*Party Frock*, 1946）、『描《えが》かれた庭』（*The Painted Garden*, 1949）など、少女たちを読者に想定した物語がつぎつぎに出版されました。一九五三年に『家族《ファミリー》シューズ』（*The Bell Family*, 1954）がテレビの電波に乗り、ノエルの作品は英語圏《えいごけん》の子どもたちの間で、いっそうひろく読まれるようになったのです。

この本の挿絵《さしえ》を描《か》いているのは、ルース・イザベル・ダイアナ・ストレトフィールド・ジャーヴィス。ノエルの姉です。才能ゆたかな姉弟のあいだでも、ひときわ才気煥発《さいきかんぱつ》で、科学者のショーランド・ジャーヴィスの伴侶《はんりょ》として、彼が終生所属《しゅうせいしょぞく》した学校で教え、後半生をほとんどずっとシャーボン市で送りました。九十四歳《さい》で亡《な》くなっています。

二〇一七年十二月

中村妙子

著者　ノエル・ストレトフィールド（Noel Streatfeild）

1897年、イングランド・サセックス州出身。英国王立アカデミー演劇学校卒業後、女優を経て著作に専念、大人向けの小説家から、児童小説家となる。職業的訓練を受ける少年少女を描いた初期作品により、「職業小説」の創始者とされる。1986年没。

邦訳書　『サーカスきたる』、『家族っていいな』、『映画に出た女の子』、『大きくなったら』（すべてすぐ書房）『ふたりのエアリエル』『ふたりのスケーター』（いずれも教文館、訳はすべて中村妙子）ほか。本作『バレエ・シューズ』は、村岡花子（1957年）、中村妙子（1979年）、久米穣（1980年）による訳書が刊行された。

画家　ルース・ジャービス（Ruth Gervis）

1894年、イングランド・サセックス州出身。英国教会司祭ウィリアム・C. ストレトフィールドとジャネット・ヴェン夫妻の6人きょうだいの長女として生まれる。第1次世界大戦後、美術教師となり活躍。妹ノエルの作品のほか、イーニッド・ブライトンや、メアリ・トレッドゴールドなど、児童文学作品の挿絵を多く手がける。1988年没。

訳者　中村妙子（なかむら・たえこ）

1923年、東京に生まれる。1954年、東京大学文学部西洋史学科卒業。翻訳家。児童文学、C．S．ルイスの著作と評伝、A．クリスティー、R．ピルチャーなどの小説、キリスト教関連書など約250冊の訳書がある。

著　書　『旧約聖書ものがたり』（日本キリスト教団出版局）

共　著　『三本の苗木――キリスト者の家に生まれて』（みすず書房）ほか。

訳　書　リンドバーグ『翼よ、北に』、バーネット『白い人びと』（ともにみすず書房）ほか、児童書では、『サンタクロースっているんでしょうか？』、ムア／テューダー『クリスマスのまえのばん』（ともに偕成社）、マクドナルド『北風のうしろの国』（早川文庫）、ネズビット『鉄道きょうだい』、ストレトフィールド『ふたりのエアリエル』『ふたりのスケーター』（いずれも教文館）、バニヤン『危険な旅』（新教出版社）ほか。

バレエ・シューズ

2018年1月30日　初版発行

訳　者　中村妙子
発行者　渡部　満
発行所　株式会社　教文館
〒104-0061　東京都中央区銀座4-5-1
電話 03(3561)5549　FAX 03(5250)5107
URL　http://www.kyobunkwan.co.jp/publishing/
装　丁　桂川　潤
印刷所　モリモト印刷株式会社
配給元　日キ販　〒162-0814　東京都新宿区新小川町9-1
電話 03(3260)5670　FAX 03(3260)5637

ISBN978-4-7642-6732-9　Printed in Japan

© 2018　Taeko Nakamura　落丁・乱丁本はお取り替えいたします。

教文館の本

ノエル・ストレトフィールド著　中村妙子訳

ふたりのエアリエル

四六判　240 頁　1, 400 円　〔小学 4 年以上、ルビつき〕

第２次世界大戦下のロンドン。演劇界の名家に生まれたことを知らずに育った少女ソレルは、大女優の祖母に引き取られ、弟マーク、妹ホリーとともに演劇学校に入れられます。彼女はやがて、華やかな舞台デビューを果たした従姉のミランダと、シェークスピア劇『テンペスト』の妖精エアリエルを競演することに……！

『バレエ・シューズ』の姉妹編、初邦訳。

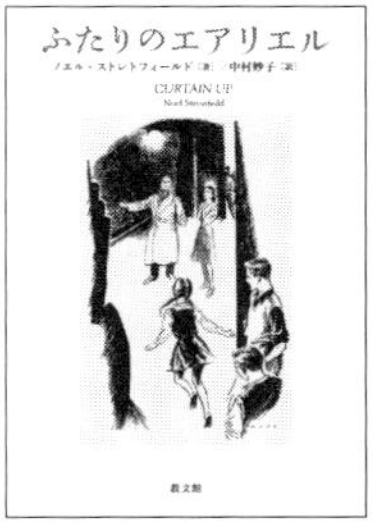

ノエル・ストレトフィールド著　中村妙子訳

ふたりのスケーター

四六判　210 頁　1, 200 円　〔小学３年以上、ルビつき〕

舞台は第二次世界大戦前の英国。健康回復のため 10 歳でフィギュアスケートを始めたハリエットと、スター選手の忘れ形見として３歳から英才教育を受けてきたララ。スケートリンクで出会った２人は、切磋琢磨しながら、それぞれの夢に向かって歩き始めます……。

邦題『白いスケートぐつ』として紹介されたストレトフィールドの「シューズ・シリーズ」人気作、新訳で登場。

Ｅ．ネズビット著　中村妙子訳

鉄道きょうだい

四六判　376 頁　1, 600 円　〔小学 5・6 年以上、ルビつき〕

ある夜、お父さんが行方不明になって、ロバータ、ピーター、フィリスの３人きょうだいは、とつぜん田舎暮らしを始めることになりました。みしらぬ土地で３人が最初に友だちになったのは、9 時 15 分ロンドン行きの蒸気機関車だったのです。

名作『砂の妖精』で知られるネズビットが描く、子どもたちと鉄道をめぐる人々の心温まる物語。

上記価格は税抜です。